Gaetano Donizetti

Lucia di Lammermoor

in Full Score

D1609448

Dover Publications, Inc., *New York*

Published in Canada by General Publishing Company, Ltd., 30 Lesmill Road, Don Mills, Toronto, Ontario.
Published in the United Kingdom by Constable and Company, Ltd., 3 The Lanchesters, 162–164 Fulham Palace Road, London W6 9ER.

This Dover edition, first published in 1992, is a republication of an Italian edition published in Milan, n.d.

Manufactured in the United States of America
Dover Publications, Inc., 31 East 2nd Street, Mineola, N.Y. 11501

Library of Congress Cataloging-in-Publication Data

Donizetti, Gaetano, 1797–1848.
Lucia di Lammermoor / Gaetano Donizetti.—In full score.
1 score.
Opera.
Italian words.
Libretto by Salvatore Cammarano.
Based on: The bride of Lammermoor / Sir Walter Scott.
Reprint: Originally published: Milan : Ricordi, ca. 1910.
ISBN 0-486-27113-7
1. Operas—Scores. I. Cammarano, Salvatore, 1801–1852. II. Scott, Walter, Sir, 1771–1832. Bride of Lammermoor. III. Title.
M1500.D68L7 1992 92-757002
CIP
M

Contents

[The score divides the opera into two Parts, the first comprising Act One (called "Atto unico"—the sole act of that Part) and the second including Acts Two and Three (called "Atto primo" and "Atto secondo"—the first and second acts of that Part).]

ACT ONE

ACT TWO

ACT THREE

Lucia di Lammermoor

Opera in three acts

Libretto by Salvatore Cammarano
based on the novel *The Bride of Lammermoor* by Walter Scott
Music by Gaetano Donizetti

FIRST PERFORMANCE: Teatro San Carlo, Naples, 26 September 1835

Characters

Lord [Sir] Henry Ashton [Enrico]	Baritone
Lucy Ashton, his sister [Lucia]	Soprano
Sir Edgar, Master of Ravenswood [Edgardo]	Tenor
Lord [Sir] Arthur Bucklaw [Arturo]	Tenor
Raymond Bide[-the-]bent, chaplain and Lucy's tutor [Raimondo]	Bass
Alice, Lucy's maid [Alisa]	Mezzo-soprano
Norman, head of the Ravenswood guard [Normanno]	Tenor
Men and Women of Ravenswood	Sopranos, Tenors, Basses

SETTING: The Scottish border country, end of the 16th century.

Instrumentation

Piccolo [Ottavino, Ott.]
2 Flutes [Flauti, Fl.]
2 Oboes [Oboi, Ob.]
2 Clarinets (B$\flat$,A,C) [Clarinetti *Si$\flat$,La,Do*]
2 Bassoons [Fagotti, Fg.]
4 Horns (E$\flat$,B$\flat$,D,C,A,G,D$\flat$,E,A$\flat$) [Corni, Cor. *Mi$\flat$,Si$\flat$,Re,Do,La,Sol,Re$\flat$,Mi,La$\flat$*]
2 Trumpets (B$\flat$,A,D,E) [Trombe, Trb. *Si$\flat$,La,Re,Mi*]
3 Trombones [Tromboni, Trbn.]
Cimbasso [Cmbs.]
Timpani [Tp.]
Triangle [Triangolo, Trg.]
Cymbals [Piatti, P.]
Bass Drum [Gran Cassa, G.C.]
Bell [Campana, Cmp.]
Harp [Arpa, A.]
Violins I,II [Violini, Vni]
Violas [Viole, Vle]
Cellos [Violoncelli, Vc.]
Basses [Contrabbassi, Cb.]

Offstage:
Wind Band [Banda]

LUCIA DI LAMMERMOOR

PARTE PRIMA - LA PARTENZA

ATTO UNICO

GIARDINO NEL CASTELLO DI RAVENSWOOD

Nº 1. PRELUDIO E CORO D'INTRODUZIONE

1
Ott.
ff
Fl.
ff
I.
Ob.
dim.
ff
I.
Cl.
Sib
p
dim.
ff
Fg.
dim.
ff
Mib
Cor.
Sib
dim.
ff
ff
I.
Trb.
Sib
ff
III.
Trbn.
dim.
ff
Tp.
ff
P.
G.C.
ff
1
Vni
ff
ff
Vle
ff
Vc.
ff
Cb.
ff

Ott.
Fl.
I.
>p
Ob.
Cl.
Si b
I.
>p
Fg.
pp
>p
Mi b
Cor.
Si b
pp
>p
pp
Trb.
Si b
pp
a 2
Trbn.
I. II. a 2
III. pp
Tp.
pp
P.
G.C.
pp
Vni
PIZZ.
p
PIZZ.
p
Vle
PIZZ.
p
Vc.
PIZZ.
p
Cb.
PIZZ.
p

2 Allegro giusto
Ob.
I.
a 2
Cl
Si♭
Fg.
Mi♭
Cor.
Si♭
pp
morendo
Trb.
Si♭
Trbn.
I.II. a 2
III.
Tp.
G.C.
f
ARCO
Vni
Vle
Vc.
Cb.

Ott.
Fl.
a 2
Ob.
Cl.
Si ♭
a 2
Fg.
f p
f p dim.
a 2
Mi ♭
Cor.
Si ♭
pp
dim.
a 2
Trb.
Si ♭
Trbn.
Tp.
P.
G.C.
Vni
Vle
Vc.
ARCO
Cb.
pp
dim.

3
VUOTA VUOTA
Ott.
Fl.
Ob.
Cl. Si♭
Fg.
Mi♭
Cor.
Si♭
Trb. Si♭
Trbn.
Vni
Vle
Vc.
Cb.
I.
a 2
f stacc.
f
p
3
VUOTA VUOTA

Ott.
Fl.
a 2
Ob.
Cl. Si♭
Fg.
Mi♭
Cor.
Si♭
Trb. Si♭
Trbn.
Tp.
P. G.C.
Vni
Vle
Vc.
Cb.

4
VUOTA
Ott.
Fl.
a 2
Ob.
Cl.
Si♭
Fg.
a 2
Mi♭
Cor.
Si♭
a 2
Trb.
Si♭
Trbn.
Tp.
P.
G. C.
Vni
Vle
Vo.
Cb.
ff
fp
p

Ott.
Fl.
I.
a 2
Ob.
Cl. Sib
Fg.
Mib Cor. Sib
Trb. Sib
Trbn.
NORMANNO
Percor - re_te le spiagge vi - ci_ne,
del_la
SCOUR THE GROUNDS NEARBY
THE
Tenori
CORO
(Abitanti del Castello in arnese da caccia)
Percorria - mo le spiagge vi_ci - ne,
Bassi
Percor_riamo le spiagge vi_ci - ne,
SCOUR THE GROUNDS NEARBY
Vni

Ott.
Fl.
a 2
Ob.
Cl. Si♭
Fg.
Mi♭
Cor.
Si♭
a 2
Trb. Si♭
Trbn.
Tp.
P. G.C.
Norm.
tor_re le vaste ro _ vi_ne:
ca _ da il vel di sì tur_pe mi_
SPRAWLING RUINS OF THE TOWER
TEAR THE VEIL FROM SO
del_la tor - re le vaste ro _ vi _ ne:
del_la torre le vaste ro _ vi _ ne:
Vni
Vle
Vc.
Cb.

5
Ott.
Fl.
a 2
Ob.
Cl. Sib
Fg.
a 2
f p
Mib
Cor.
Sib
Trb. Sib
Trbn.
Tp.
P. G.C.
Norm.
_ste _ ro, lo domanda, lo impo_ne l'o_nor, lo im _ po_ne l'o _ nor.
VILE A SECRET, HONOR EXPECTS IT, DEMANDS IT
ca_da il vel di sì tur_pe mi_stero, lo im _ po _ ne l'onor.
ca_da il vel di sì tur_pe mi_stero, lo im _ po _ ne l'onor.
Vni
Vle
DIV.
UNITE
Vc.
Cb.

Fl.
Ob.
Cl. Si ♭
Fg.
Mi ♭ Cor. Si ♭
Trb. Si ♭
Tp.
Norm.
Splen - de - rà l'e - se - cra - bi - le ve - ro co - me
Splen - de - rà l'e - se - cra - bi - le ve - ro co - me
Splen - de - rà l'e - se - cra - bi - le ve - ro co - me
THE HATEFUL TRUTH WILL SHINE OUT LIKE A LIGHTNING FLASH
Vni
Vle
Vc.
Cb.

Fl.
Ob.
Cl. Si♭
Fg.
Mi♭ Cor. Si♭
Trb. Si♭
a 2
Norm.
lam - po fra nu - bi d'orror, splen - de - rà, splen - de -
lam - po fra nu - bi d'orror, splen - de - rà, splen - de -
lam - po fra nu - bi d'orror, splen - de - rà,
THROUGH CLOUDS OF HORROR
Vni
Vle
Vc.
Cb.

6
Fl.
Ob.
Cl. Si♭
Fg.
Cor. Mi♭
Tp.
Norm.
Vni
Vle
Vc.
Cb.
I.
II.
fp
p
- rà, splen - de - rà l'e - se - cra - bi - le ve - ro
- rà, splen - de - rà l'e - se - cra - bi - le ve - ro
sì, splen - de - rà l'e - se - cra - bi - le ve - ro

Ott.
Fl.
Ob.
Cl. Si♭
Fg.
Mi♭ Cor. Si♭
Trb. Si♭
Trbn.
Tp.
Norm.
co - me lam - po fra nu - bi d'orror, fra nu - bi d'or-ror. Cada il
d'orror, d'or -
co - me lam - po fra nu - bi d'orror, fra nu - bi d'or-ror, fra nu - bi d'or-
co - me lam - po fra nu - bi d'orror, fra nu - bi d'or-
Vni
Vle
Vc.
Cb.

7
Ott.
Fl.
a 2
Ob.
Cl. Si♭
Fg.
ff
Mi♭ Cor. Si♭
Trb. Si♭
Trbn.
Tp.
P. G.C.
f
Norm.
vel di sì turpe mi_stero, sì,___ di sì turpe mi_ste _ ro, lo do_manda, lo impone l'o_
_ror.
_ror. Cada il vel___ di sì turpe mi_ste _ ro,
_ror. Cada il vel di sì turpe mi_ste _ ro,
7
Vni
Vle
Vc.
Cb.

Ott.
Fl.
Ob.
Cl. Si♭
Fg.
Mi♭ Cor. Si♭
Trb. Si♭
Trbn.
Tp.
P. G.C.
Norm.
a 2
I.
-no-re, sì, lo im-pone l'o-nor, cada il vel, cada il vel, sì, l'impo-ne, l'o-
lo do-man - da, lo impone l'o-nor, cada il vel, cada il vel,
lo do-man - da, lo impone l'o-nor, chè, l'impone l'o-nor,
Vni
Vle
Vc.
Cb.

8
Ott.
Fl.
Ob.
Cl. Si♭
Fg.
Mi♭ Cor. Si♭
Trb. Si♭
Trbn.
Tp.
P. G.C.
Norm.
-po - - - ne l'o-nor, cada il vel, cada il vel, sì, l'impone, l'im-
l'im - po - ne l'o-nor, cada il vel, cada il vel,
l'im - po - ne l'o-nor, chè l'impone l'o-nor,
8
Vni
Vle
Vc.
Cb.

Ott.
Fl.
Ob.
Cl. Si♭
Fg.
Mi♭ Cor. Si♭
Trb. Si♭
Trbn.
Tp.
P. G.C.
Norm.
Vni
Vle
Vc.
Cb.
ff
I.
a 2
I.II.
DIV.
UNITE
-po - - - ne l'o-nor, ca - - - - da,
l'im - po - ne l'o-nor, lo do-man - da, lo im-po-ne l'o-nor,
l'im - po - ne l'o-nor, ca - da, ca - da,

Ott.
Fl.
Ob.
Cl. Si♭
Fg.
Mi♭ Cor. Si♭
Trb. Si♭
Trbn.
Tp.
P. G.C.
Norm.
Vni
Vle
Vc.
Cb.
VUOTA
I.
a 2
I. II.
DIV.
UNITE
lo vuol l'o - nor,
lo do - man - da, lo vuo - le l'o - nor, lo vuol l'o - nor,
lo do - man - da, lo vuo - le l'o - nor, lo vuol l'o - nor,

9 Più allegro
Ott.
a 2
Fl.
Ob.
Cl. Si♭
Fg.
Mi♭ Cor. Si♭
Trb. Si♭
Trbn.
Tp.
P. G. C.
Norm.
l'o - - - nor, lo vuol l'o - nor, lo vuol l'o -
l'o - - - nor, lo vuol l'o - nor, lo vuol l'o -
l'o - - - nor, lo vuol l'o - nor, lo vuol l'o -
9 Più allegro
Vni
Vle
Vc.
Cb.

Ott.
a 2
Fl.
Ob.
Cl. Si♭
Fg.
Mi♭
Cor.
Si♭
Trb. Si♭
Trbn.
Tp.
P. G. C.
Norm.
-nor.
-nor.
(Il Coro parte rapidamente.)
-nor.
Vni
Vle
Vc.
Cb.

Ott.
a 2
Fl.
Ob.
Cl. Si♭
a 2
Fg.
a 2
Mi♭
Cor.
Si♭
a 2
I.
Trb. Si♭
Trbn.
Tp.
P. G.C.
Vni
Vle
Vc.
Cb.

I.
Fl.
p dim.
Ob.
I.
p
Cl.
Si♭
Fg.
p
p
Mi♭
Cor.
Si♭
I.
III.
p dim.
p
Trbn.
I.
p dim.
Tp.
p
Vni
dim.
p
p dim.
Vle
p dim.
dim.
Vc.
p
dim.
dim.
Cb.
p
dim.

Nº 2. SCENA E CAVATINA

"Cruda, funesta smania,,

ENRICO

a tempo
Fg.
Mi♭ Cor. Si♭
a 2
Trbn.
I.
II.
Enr.
impal.lidì la stel - la... In.tanto Edgar - do... quel morta - le ne-
THAT THE STAR OF MY FORTUNES HAS WANED WHILE EDGARDO THAT MORTAL ENEMY OF MY FAMILY
a tempo
Vni
Vle
Vc.
Cb.
fp
p
-mi.co di mia pro.sapia, dal.le sue ro - vi.ne er.ge la fronte baldan - zo - sa e ri - de!
LOOKS DOWN HAUGHTILY FROM HIS RUINED RETREAT AND MOCKS ME ONLY ONE HAND CAN RESTORE ME
DIV.
UN.

Enr.
So_lo una mano raffermar mi puo_te nel vacillante mio po_ter... Lu_ci_a o_sa respinger quella
AND MY TOTTERING POWER
LUCIA DARES REJECT THAT
Recitativo
Vni
Vle
UNITI
Vc. Cb.
10 a tempo
Recitativo
Fg.
Mi♭ Cor. Si♭
I. II. a 2
Trbn.
Enr.
mano! Ah!... suo_ra non m'è co _ le _ i!
(in tono di chi cerca calmare l'altrui collera)
RAIMONDO
HAND SHE IS NO SISTER OF MINE
Dolente vergin, che geme sull'urna re_
UNHAPPY GIRL MOURNING AT THE FRESH GRAVE
10 a tempo
Recitativo
Vni
Vle
Vc. Cb.
Raim.
_cen_te di cara madre, al ta_lamo po_tri_a vol_ger lo sguardo? Ri_spet_tiamo un
OF HER DEAR MOTHER HOW CAN SHE THINK OF MARRIAGE
LET US RESPECT A HEAVY
Vni
Vle
Vc. Cb.

NORMANNO
(con ironia)
Schi - vo d'a - mor!... Lu -
Raim.
co - re, che trafit - to dal duol, schi - vo è d'a - mo - re.
Vni
Vle
Vc. Cb.
Allegro
11 Moderato assai
Norm.
- cia d'amore avvam - pa. M'u - di - te. El - la sen già co -
ENRICO
Che fa - velli!
Raim.
(Oh detto!...)
Allegro
11 Moderato assai
Vni
Vle
Vc. Cb.
Ob.
Cl. Si♭
Norm.
- là del parco nel solingo vi - al, do - ve la madre gia - ce se - polta... Impetu - o - so
Vni
Vle
Vc.
PIZZ.
Cb.

I.
Fl.
I.
Ob.
Cl. Si♭
Allegro
Norm.
to_ro ec_co su lei s'av_venta, quan_do per l'aria rimbombar si sen_te un colpo, e al suol re-
Allegro
Vni
Vle
Vc.
Cb.
ARCO
ff
fp
p
-pente ca_de la belva. Tal che il suo nome ri_coprì d'un velo.
ENRICO
E chi vibrò quel colpo?... Luci_a
UNITI
Vc. Cb.
L'a_mò. Ogn'al_ba... In quel vi_a_le.
Enr.
for_se?... Dun_que il ri - vi_de? E do_ve? Io

Allegro
Norm.
Sospetto io n'ho sol_tanto.
È tuo ne_
Enr.
fremo. Nè tu scovristi il sedut_tor?
Ah! parla.
Allegro
Vni
Vle
Vc. Cb.
Maestoso
Ott.
Fl.
Ob.
Cl. Do
in DO
Fg.
in SOL
Sol Cor. Re
in RE
in DO
Trb. Do
Trbn.
a 2
fp
f
Norm.
_mi_co. Tu lo de_te_sti.
Lo di_ce_sti.
a piacere
Enr.
Es_ser potrebbe... Ed_gar_do?
RAIMONDO
(Oh ciel!...)
(Ah!)
Maestoso
Vni
Vle
Vc. Cb.
I HAVE A SUSPICION
YOUR
CHOKES ME. YOU DIDN'T IDENTIFY?
TELL ME!
ENEMY!
YOU DETEST HIM
RIGHT.
COULD IT BE EDGARDO?
OH FUCK

12 Larghetto
Cor. Sol
Enr.
Cru - da, fune - sta sma - nia tu m'hai sveglia - ta in
12 Larghetto
Vni
Vle
Vc. Cb.
PIZZ.
Cl. Do
Fg.
Cor. Sol
Enr.
pet - to! È trop - po, è trop-po or-ri - bi-le que - sto fatal so-
Vni
Vle
Vc. Cb.
Cl. Do
Fg.
Enr.
-spet - to! Mi fa gela - re e fre-mere... sol-le - va in fron - te il
Vni
Vle
Vc. Cb.

affrett.
I. Tempo
Fl.
Ob.
Do
Cl.
Do
Fg.
Sol
Cor.
Re
Enr.
crin, ah! mi fa_ge_la_re e fre_mere, solle_va in fronte, sol_leva in fronte il
affrett.
I. Tempo
Vni
Vle
ARCO
Vc.
ARCO
Cb.

13
Ott.
Fl.
a 2
Ob.
Cl. Do
Fg.
I.
Sol
Cor.
Re
Trb. Do
Trbn.
SOL-DO
Tp.
NORMANNO
Pie_to - so al tuo_de_co - ro,
CHERISHING YOUR HONOR I HAD TO BE CRUEL TO HIM
Enr.
crin! Col - ma di tan_to ob_bro - brio chi suo - - ra a me na_
RAIMONDO
SO SHAMEFUL IS SHE
(La tua clemen_za implo - ro;
13
Vni
DIV.
Vle
Vc.
Cb.

Ott.
Fl.
a 2
Ob.
Cl. Do
Fg.
I.
Sol
Cor.
Re
a 2
p stacc.
Trb. Do
Trbn.
Tp.
Norm.
io fui con te cru-del.
Enr.
(con terribile impulso di sdegno)
-sce - a! Ah! pria che d'amor sì per - fido
Raim.
tu lo smenti-sci, o ciel!)
Vni
PIZZ.
p stacc.
UNITE
Vle
p stacc.
Vc.
PIZZ.
Cb.
PIZZ.
f
p

rall. col canto
Ott.
Fl.
Ob.
Cl.
Do
Fg.
Sol
Cor.
Re
Trb.
Do
Trbn.
Tp.
Norm.
(Ciel!
Enr.
rall.
a me svelar - ti re - a, se ti col_pisse un ful - mi - - ne, se ti col_pisse un
IF YOU WERE STRUCK BY A THUNDERBOLT MY GRIEF WOULD BE LESS BITTER
Raim.
(Ciel!
ARCO
rall. col canto
Vni
Vle
Vc.
Cb.
a 2
I.

affrett.
calando
a tempo
a 2
I.
III.
Fl.
Ob.
Cl. Do
Fg.
Sol Cor. Re
Norm.
io fui con te
Enr.
ful - mi-ne, fo-ra men ri - o, fo-ra men ri-o de-stin, ah! fo - ra men
Raim.
tu lo smen - ti - sci, o
affrett.
calando
a tempo
Vni
Vle
Vc.
Cb.

Ott.
Fl.
Ob.
Cl. Do
Fg.
Sol
Cor.
Re
in MI♭
Trb. Do
Trbn.
RE
Tp.
Norm.
con te cru - del, cru - - - del.
Enr.
ri - o, fo-ra men ri-o, fo- - -ramenri-o de-stin.
Raim.
ciel, ah! o ciel, o ciel!)
Vni
Vle
Vc.
Cb.
f
pp

Allegro giusto
Ott.
Fl.
Ob.
Cl. Do
Fg.
Sol Cor. Mi♭
Trb. Si♭
Trbn.
FA-SI♭
Tp.
G.C.
CORO DI CACCIATORI
Tenori
(a Normanno)
Il tuo dubbio è omai cer-
Bassi
Il tuo dubbio è omai cer-
YOUR DOUBT IS NOW
Allegro giusto
Vni
Vle
Vc.
Cb.

Ott.
Fl.
a 2
Ob.
Cl.
Do
Fg.
Sol
Cor.
Mi ♭
Trb.
Si ♭
Trbn.
Tp.
G.C.
NORMANNO
(ad Enrico)
O_di tu?
ENRICO
Nar_ra_te.
_tez - - - - za.
(Oh gior_
_tez - - - - za.
(Oh gior_
Vni
Vle
Vc.
Cb.

Andantino
Ott.
Fl.
Ob.
I.
p e legato
Cl.
Do
Fg.
p
Sol
Cor.
Mi♭
a 2
Trb.
Si♭
Trbn.
Tp.
G.C.
f
- no!)
- no!)
Andantino
Vni
p e legato
Vle
DIV.
UN.
Vc.
PIZZ.
ARCO
Cb.

14
Ott.
Fl.
Ob.
Cl. Do
Fg.
Sol
Cor.
Mi♭
Trb. Si♭
Trbn.
Tp.
G.C.
a 2
I.
p legato
Co_me vin_ti da stanchez_za,do_po lun_go erra_re intor_no,noi po_
Co_me vin_ti da stanchez_za,do_po lun_go erra_re intor_no,noi po_
AS OVERCOME WITH WEARINESS AFTER LONG SEARCHING ROUND
Vni
Vle
DIV.
Vc.
PIZZ.
Cb.

Fl.
Ob.
I.
Cl. Do
Fg.
Sol Cor. Mi♭
Trb. Si♭
Trbn.
Tp.
-sam-mo del-la tor-re nel ve-sti-bo-lo ca-den-te: ec-co to-sto lo tra-scorre in si-len-
-sam-mo del-la tor-re nel ve-sti-bo-lo ca-den-te: ec-co to-sto lo tra-scorre in si-len-
ABOUT WE RESTED IN THE CRUMBLING HALL OF THE TOWER SUDDENLY A PALE FACED MAN
Vni
Vle
Vc.
Cb.

Ott.
Fl.
Ob.
Cl. Do
Fg.
I.
Sol Cor. Mib
a 2
Trb. Sib
Trbn.
Tp.
G. C.
zio un uom pal_len_te. Co_me oppres_so ei n'è ve_nu_to rav_vi_siam lo sco_no_sciu_to: ei su
zio un uom pal_len_te. Co_me oppres_so ei n'è ve_nu_to rav_vi_siam lo sco_no_sciu_to: ei su
CAME SILENTLY THROUGH AS HE DREW NEAR WE RECOGNIZED THE STRANGER ON HIS
Vni
UNITE
Vle
ARCO
Vc.
ARCO
Cb.

Ott.
Fl.
Ob.
Cl. Do
Fg.
Sol
Cor.
Mi♭
Trb. Si♭
Trbn.
Tp.
G. C.
Vni
Vle
Vc.
Cb.
VUOTA
15
a 2
IV.
p legato
DIV.
PIZZ.
ra - pi - do de - strie - ro s'in - vo - lò dal no - stro sguardo...
Qual s'ap -
SWIFT STEED HE WAS SOON OUT OF SIGHT

Fl.
Ob.
I.
p
Cl.
Do
I.
p
Fg.
p
Cor.
Mi♭
III. IV.
p
Trbn.
I.
p
Tp.
p
ENRICO
E quale?
AND?
-pella un fal-co-nie-ro ne appren-de-va qual s'appel-la.
Ed-gar -
-pella un fal-co-nie-ro ne appren-de-va qual s'appel-la.
Ed-gar -
FALCONER TOLD US HIS NAME
EDGARDO
Vni
Vle
UNITE
DIV.
Vc.
Cb.

Allegro vivace
Ott.
Ob.
Cl. Do
Fg.
Sol
Cor.
Mi♭
Trb. Si♭
Trbn.
Sol-Re
Tp.
Enr.
E - gli!... Oh rab - bia, oh
SO IT IS HE
THE BURNING RAGE THAT INFLAMES ME
-do.
-do.
Allegro vivace
Vni
UNITE
Vle
ARCO
Vc.
ARCO
Cb.

Ott.
Fl.
Ob.
Cl. Do
Fg.
Sol
Cor.
Mi♭
Trb. Si♭
Trbn.
Tp.
G.C.
Enr.
rab - bia che m'ac_cen - di, con- - _te -
IS MORE THAN THE HEART CAN BEAR
Vni
Vle
Vc.
Cb.

16
Ott.
Fl.
Ob.
Cl. Do
Fg.
Sol
Cor.
Mi♭
Trb. Si♭
Trbn.
Tp.
G. C.
Enr.
RAIMONDO
a 2
p
cresc.
-ner - ti un cor non può.
Ah no, non cre - de - re, no,
Vni
Vle
Vc.
Cb.
fp
DIV.

Ott.
cresc.
f
Fl.
cresc.
f
Ob.
cresc.
f
Cl.
Do
cresc.
f
Fg.
cresc.
f
I.II. a 2
Cor.
Sol
cresc.
f
Trb.
Si ♭
cresc.
a 2
f
Trbn.
cresc.
f
Tp.
cresc.
f
G.C.
f
Enr.
No, con_te_ner_ti un cor non può, no, non può, no, non
Raim.
no... deh, so_spen_ _di... el_la...
Vni
cresc.
f
cresc.
f
UNITE
Vle
cresc.
f
Vc.
cresc.
f
Cb.
cresc.
f

a tempo
Ott.
Fl.
a 2
Ob.
Cl.
Do
Fg.
Sol
Cor.
Re
Trb.
Si♭
a 3
Trbn.
Tp.
G.C.
Enr.
può, no, no. Udir non vo'.
Raim.
ah! M'o_di.
a tempo
Vni
Vle
Vc.
Cb.
ff

17 Moderato
Ott.
Fl.
Ob.
Cl.
Do
Fg.
Trb.
Do
17 Moderato
Vni
Vle
UNITI
Vc.
Cb.
a 2
I.
Sol
Cor.
Re
Trbn.
Tp.

Ott.
Fl.
Ob.
Cl. Do
Fg.
Sol
Cor.
Re
Trb. Do
Trbn.
Tp.
P. G.C.
ENRICO
La pietà - dei in suo fa-vo-re mi-ti sen-si in vanti
IN VAIN YOUR PITY LEADS YOU TO PLEAD FOR HER
Vni
Vle
Vc.
Cb.
I.
a 2
f
p
PIZZ.
ARCO

rall.
Ott.
Fl.
Ob.
Cl.
Do
Fg.
Sol
Cor.
Re
Trb.
Do
Trbn.
Enr.
-det - ta... semi par - li di ven-det - ta so-lo in-ten - der - ti po-
SPEAK TO ME OF REVENGE
AND I WILL HEAR YOU
rall.
Vni
Vle
Vc.
ARCO
PIZZ.
Cb.

18
Ott.
Fl.
I.
Ob.
cresc.
Cl.
Do
Fg.
Sol
Cor.
Re
III.
Trb.
Do
a 2
Trbn.
Tp.
P.
G.C.
Enr.
-trò. Sciagu-ra - ti, il mi - o fu-ro - re già su voi tre-men-do-
WRETCHED PAIR THE STORM OF MY FURY IS UPON YOU THE EVIL FLAME
18
Vni
p cresc.
Vle
Vc.
ARCO
PIZZ.
Cb.

a tempo
Ott.
Fl.
Ob.
Cl. Do
Fg.
Sol
Cor.
Re
Trb. Do
Trbn.
Tp.
Enr.
rug - ge... l'empia fiam - ma che vi strug - ge io col san - gue spegne -
THAT CONSUMES YOU I SHALL QUENCH WITH BLOOD
a tempo
Vni
Vle
Vc.
Cb.
ARCO
ARCO

Poco più
Ott.
I.
Fl.
Ob.
Cl.
Do
Fg.
Sol
Cor.
Re
III.
Trb.
Do
Trbn.
Tp.
P.
G.C.
Enr.
-rò, io col san - gue, io col san - gue l'empia fiamma che vi strug - ge spe - gne-
Poco più
Vni
Vle
Vc.
Cb.

Più mosso
19
Ott.
Fl.
Ob.
Cl. Do
Fg.
Sol
Cor.
Re
a 2
Trb. Do
Trbn.
a 3
Tp.
Enr.
-rò, spe - gne - rò, col sangue spegnerò.
CORO
Ti raffrena, al nuovo al_bo_re ei date fuggir non
Ti raffrena, al nuovo al_bo_re ei date fuggir non
19
Più mosso
Vni
Vle
Vc.
Cb.

Ott.
Fl.
Ob.
Cl. Do
Fg.
Sol
Cor.
Re
a 2
Trb. Do
Trbn.
Tp.
P. G.C.
RAIMONDO
(Ah, qual nu - be di ter_ro - re
può, no, no, non può, ti raffrena, al nuovo al_bo_re ei da te fuggir non
può, no, no, non può, ti raffrena, al nuovo al_bo_re ei da te fuggir non
Vni
DIV.
Vle
Vc.
Cb.

Ott.
Fl.
Ob.
Cl. Do
Fg.
a 2
Sol
Cor.
Re
a 2
Trb. Do
a 2
Trbn.
Tp.
P. G. C.
ENRICO
Ta_ce_te, ta_
Raim.
que - sta ca - sa cir - con - dò. Ah, qual nube di ter_ror, ah, qual nu_be di ter_
può, no, no, non può. Ti raffrena, al nuo_vo, al nuo - vo al_
può, no, no, non può. Ti raffrena, al nuo_vo, al nuo - vo al_
Vni
Vle
UNITE
Vc.
Cb.
ff
f

20
I. Tempo
Ott.
Fl.
Ob.
Cl. Do
Fg.
Sol
Cor.
Re
Trb. Do
Trbn.
Tp.
P. G.C.
Enr.
-ce-te. Ah! La pieta - dein suo fa-vo - re mi-ti
Raim.
-ror, sì, questa ca-sa cir-con-dò. Ah! sì.) Ah!
-bo-re ei da te fuggir non può, no, no.
-bo-re ei da te fuggir non può, no, no.
20
I. Tempo
Vni
Vle
PIZZ. ARCO
Vc.
PIZZ.
ARCO
Cb.
PIZZ.

rall.
Ott.
Fl.
Ob.
Cl. Do
Fg.
Sol
Cor.
Re
Trb. Do
Trbn.
Enr.
sen_si invanti det_ta... semi par _ lidivendet_ta so_lo in_ten_der _ ti po_
Raim.
Ah! noncrede_re.
rall.
Vni
Vle
Vc.
ARCO
PIZZ.
Cb.

Ott.
Fl.
Ob.
Cl. Do
Fg.
Sol Cor. Re
Trb. Do
Trbn.
Tp.
P. G.C.
Enr.
trò. Sciagu-ra - ti il mi - o fu-ro - re già su voi tre-men-do
Raim.
Ah! Qual nu - be di ter-
Vni
Vle
Vc.
Cb.
PIZZ.
ARCO
cresc.

a tempo
Ott.
Fl.
Ob.
Cl.
Do
Fg.
Sol
Cor.
Re
Trb.
Do
Trbn.
Tp.
Enr.
rug - ge... l'empiafiam - ma che vi strug - ge io col san - gue spegne -
Raim.
- ro - re cir - con - dò! sì! sì!
a tempo
Vni
Vle
Vc.
Cb.
ARCO
ARCO
I.
III.
a 2

21
Poco più
Ott.
Fl.
Ob.
Cl. Do
Fg.
Sol
Cor.
Re
Trb. Do
Trbn.
Tp.
P.
G.C.
Enr.
-rò, io col san - gue, io col san - gue l'empia fiamma che vi strug - ge spe - gne-
Raim.
questa ca - sa cir - con - dò! que - sta ca - sa cir - con-
CORO
E - gli a te fug - gir non può, no, non
E - gli a te fug - gir non può, no, non
21
Poco più
Vni
Vle
Vc.
Cb.

Meno mosso
Ott.
Fl.
Ob.
Cl. Do
I.
Fg.
Sol
Cor.
Re
Trb. Do
Trbn.
a 3
Tp.
Enr.
-rò, spe - gne - rò, col san-gue spegnerò, l'em-pia-fiam - ma che-vi-strug-
Raim.
-dò, questa ca - sa circon-dò, cir-condò!
può, non può.
può, non può.
Meno mosso
Vni
Vle
Vc.
Cb.
p

I. Tempo
Ott.
I.
Fl.
Ob.
Cl.
Do
Fg.
a 2
Sol
Cor.
Re
a 2
Trb.
Do
Trbn.
Tp.
P.
G. C.
Enr.
-ge io col sanguespegne-rò, sì, col san - gue
Raim.
qual nu-be di ter - ro - re que-sta
Ei da te fug -
Ei da te fug -
I. Tempo
Vni
Vle
Vc.
Cb.

Meno mosso
22
I. Tempo
Ott.
Fl.
Ob.
Cl. Do
Fg.
Sol Cor. Re
Trb. Do
Trbn.
Tp.
P. G.C.
Enr.
spe - gne - rò, l'em - pia fiam - ma che vi strug - ge, l'empia fiamma che vi
Raim.
ca - sa cir - con - dò, sì, cir - con - dò!
-gir non può, fug - gir non può,
-gir non può, fug - gir non può,
Meno mosso
22
I. Tempo
Vni
Vle
DIV.
Vc.
Cb.
p
p cresc.

Ott.
Fl.
Ob.
Cl.
Do
Fg.
Sol
Cor.
Re
Trb.
Do
Trbn.
Enr.
Raim.
Vni
Vle
Vc.
Cb.
a 2
III.
I.
II.III. a 2
a 3
UNITE
_strugge io col sangue spegne _ rò, sì, spe - gne - rò, sì, sì, col
ah, que - sta
fug -
fug -

Ott.
Fl.
Ob.
Cl. Do
Fg.
Sol Cor. Re
a 2
Trb. Do
Trbn.
Tp.
P. G.C.
Enr.
san - gue spe - gne - rò, sì, spe - gne - rò, sì,
Raim.
ca - sa cir - con - dò, sì, cir - con - dò, sì,
-gir non può, no, no, non può, no,
-gir non può, no, no, non può, no,
Vni
Vle
Vc.
Cb.

Ott.
Fl.
Ob.
Cl. Do
Fg.
Sol
Cor.
Re
Trb. Do
Trbn.
Tp.
P. G.C.
Enr.
spe - gne - rò, spe - gne - rò, spe - gne - rò, col san_gue spe - gne -
Raim.
cir - con - dò, cir - con - dò, cir - con - dò, sì, que_sta ca _ sa cir - con -
no, non può, no, non può, no, non può, non può, no, no, no, non
no, non può, no, non può, no, non può, non può, no, no, no, non
Vni
Vle
Vc.
Cb.

Ott.
Fl.
Ob.
Cl. Do
Fg.
a 2
Sol
Cor.
Re
Trb. Do
Trbn.
Tp.
P. G.C.
(Partono tutti.)
Enr.
-rò.
Raim.
-dò!
può.
può.
Vni
Vle
Vc.
Cb.

Ott.
Fl.
Ob.
Cl.
Do
a 2
Fg.
Sol
Cor.
Re
Trb.
Do
a 2
a 2
a 2
a 2
Trbn.
Tp.
P.
G.C.
Vni
Vle
Vc.
Cb.

INGRESSO D'UN PARCO

Nel fondo, porta praticabile. Sul davanti, una fontana. - Lucia viene dal Castello seguita da Alisa: sono entrambe nella massima agitazione. Ella si volge d'intorno, come in cerca di qualcuno; ma osservando la fontana, ritorce altrove lo sguardo.

Nº 3. SCENA E CAVATINA

"Regnava nel silenzio,,

(LUCIA)

SCENA IV.

I.
Fl.
Ob.
Cl.
La
I.
Fg.
Re
Cor.
La
Trb.
La
Trbn.
Tp.
A.
Vni
Vle
Vc.
Cb.

23
Fl.
Ob.
Cl.
La
Fg.
Re
Cor.
La
Trb.
La
Trbn.
Tp.
Opp.
A.
23
PIZZ.
PIZZ.
PIZZ.
PIZZ.
Vni
Vle
Vc.
Cb.

Cl.
La
Cor.
Re
I.II.
p
A.
Vni
Vle
Vc.
Cl.
La
p
A.
Vni
Vle
Vc.
ARCO
p
PIZZ.

Cor.
Re
I.II.
p
A.
Vni
Vle
Vc.
Cl.
La
Cor.
Re
I.II.
A.
Vni
Vle
Vc.

Cl.
La
A.
Vni
Vl.
Vc.
Fl.
Ob.
Cl.
La
Fg.
I.
Re
Cor.
La
Trb.
La
Trbn.
Tp.
A.
Vni
Vle
Vc.
Cb.
ARCO
ARCO
ARCO
ARCO
ARCO

24
Recitativo
Fl.
Ob.
I.
Cl.
La
Fg.
Re
Cor.
La
Trb.
La
Trbn.
Tp.
A.
LUCIA
An_cor non
HE STILL
24
Recitativo
Vni
Vle
Vc.
Cb.
Luc.
giunse!..
HAS NOT COME?
ALISA
In_cauta!.. A che mi traggi!.. Av_ven_tu_rar_ti or che il fratel qui venne è fol_le ar_
RASH GIRL! WHAT HAVE YOU BROUGHT ME TO? DARING TO COME HERE NOW YOUR BROTHER
Vni
Vle
Vc.
Cb.

Luc.
Ben parli! Edgardo sappia qual ne cir_con_da or_ri_bi_le pe-
Ali.
_dir.
Vni
Vle
Vc.
Cb.
Fl.
Ob.
Cl. La
Fg.
Re Cor. La
a 2
Trb. La
Trbn.
Tp.
Luc.
_riglio... Quel_la fonte, ah! ma_i, senza tremar, non
Ali.
Perchè d'intorno il ciglio volgi atter_rita?
Vni
Vle
Vc.
Cb.

Luc.
veggo Ah! tu lo sa-i: un Ravens-wood, ardendo di ge-lo-so furor, l'ama-ta
cresc. ed incalz.
Vni
Vle
UNITI
Vc. Cb.
Luc.
donna co-là tra-fis - se, e l'in-fe-li-ce cadde nell'onda ed i-vi ri-manea se-
Vni
Vle
Vc. Cb.
Fg.
Re Cor. La
a 2
Trbn.
lento
Luc.
ALISA -polta... M'apparve l'ombra su - a... A-scol - ta.
Che dici?
Vni
Vle
Vc. Cb.

Larghetto
VUOTA
25
Fl.
I.
p
Ob.
Cl.
La
Fg.
Re
Cor.
La
a 2
Trb.
La
Trbn.
Tp.
Larghetto
PIZZ.
VUOTA
25
Vni
Vle
Vc.
Cb.
DIV.
ARCO
pp
Cl.
La
Fg.
Cor.
Re
I.II.
LUCIA
Regna_va nel_ si_len_zi_o al_ta la not_te e bru_na...
AT DEAD OF NIGHT IN SILENT DARKNESS A PALLID RAY OF EERIE MOONLIGHT
Vni
Vle
Vc.
Cb.

Fl.
Cl. La
Fg.
Cor. Re
Luc.
col-pia la fon-te un pal-li-do raggio di te-tra lu-na...
FELL UPON THE FOUNTAIN
WHEN A LOW MOAN
WAS HEARD ON
Vni
Vle
UNITE
PIZZ.
ARCO
Vc. Cb.
affrett.
Fl.
Ob.
Cl. La
Fg.
Re Cor. La
Luc.
quando un sommes-so ge-mi-to fra l'aure u-dir si fe' ed
THE BREEZE
affrett.
Vni
Vle
Vc. Cb.

col canto
Fl.
Ob.
Cl. La
Fg.
Re Cor. La
Trb. La
Trbn.
Tp.
Luc.
presto
ec-co, ecco su quel margine l'ombra mostrarsi, l'ombra mostrarsi a me, ah!
col canto
ARCO
AND THERE ON THE VERGE THE SPECTRE APPEARED TO ME
Vni
Vle
Vc. Cb.
26 a tempo
(coprendosi il viso colle mani)
Qual di chi par - la, muo - ver-si il lab-bro su-o ve-
I SAW HER LIPS MOVING AS IF SHE WERE SPEAKING AND WITH HER
PIZZ.

Fl.
Ob.
Cl. La
Fg.
Cor. Re
Luc.
de - a, e con la ma - no e - sa - nime chiamarmi a sè pa -
LIFELESS HAND SHE SEEMED TO BECKON ME TO HER
Vni
Vle
Vc. Cb.
cresc. ed affrett. poco a poco
Re
Cor.
La
Trb. La
a 2
Trbn.
Tp.
re - a; stet - te un mo - men - to im - mo - bi - le, poi
FOR A MOMENT SHE STOOD MOTIONLESS THEN
ARCO
Vc.
Cb.

27
I. Tempo
Fl.
Ob.
Cl. La
Fg.
Re Cor. La
Trb. La
Trbn.
Tp.
A.
Luc.
a 2
I.
rat - ta di - le guò e l'on.da pria - si lim - pi - da di
SUDDENLY VANISHED
AND THE WATERS SO CLEAR BEFORE
27
I. Tempo
Vni
Vle
Vc.
Cb.
PIZZ.

Cl. La
A.
Luc.
san-gue — ros-seg - giò, sì, pria sì limpi - dadi sanguerosseggiò, sì, pria sì
REDDENED AS WITH BLOOD
YES SO CLEAR BEFORE
Vni
PIZZ.
Vle
Vc.
Cb.
28
Allegro
Cl. La
Fg.
Cor. Re
I.II.
Tp.
A.
Luc.
ALISA
limpi - da, ah - - - - - - i! rosseg - giò.
Chia - ri, — oh
OH GOD
28
Allegro
ARCO
Vni
Vle
Vc.
Cb.

Fl.
I.
p
Ob.
p
Cl.
La
I.
p
a 2
Fg.
cresc.
Re
Cor.
La
cresc.
p
Trbn.
p
Tp.
cresc.
Ali.
Di - o! benchia - ri - e tri - sti nel - tu - o dir pre - sa - gi - in-
CLEAR AND GRAVE ARE THE OMENS I SEE
Vni
cresc.
Vle
cresc.
Vc.
cresc.
Cb.

Fl.
Ob.
Cl. La
Fg.
Re Cor. La
Trb. La
Trbn.
Tp.
Ali.
_ten _ do! Ah! Lu_ci_a, Lu_cia, de_si_stidaun a_mor così tre_men _ _
ABANDON THIS TERRIFYING LOVE
Vni
Vle
Vc.
Cb.

col canto
Fl.
Ob.
Cl.
La
Fg.
Re
Cor.
La
Trb.
La
a 2
Trbn.
Tp.
LUCIA
rall.
Egli è lu - ce a' giorni mie_i, è ___ con_for_to, è conforto, al_ mi_o, al mi_o pe-
HE BRINGS LIGHT TO MY DAYS AND SOLACE TO MY SUFFERING
Ali.
-do...
col canto
Vni
Vle
Vc.
Cb.

29
Moderato
Fl.
Cl.
La
Fg.
Cor.
Re
A.
Luc.
-nar.
29
Moderato
Vni
PIZZ.
PIZZ.
Vle
UNITI
Vc.
Cb.
PIZZ.
Fl.
Ob.
Cl.
La
Fg.
Re
Cor.
La
Trb.
La
Trbn.
SOL-RE
Tp.
A.
Vni
cresc.
ARCO
DIV.
ARCO
Vle
ARCO
Vc.
Cb.

30
Cl. La
I.
A.
LUCIA
tr
Quando rapi_to in e _ stasi del più cocen_te ar_ do _ re,
WHEN, LOST IN ECSTASY OF ARDENT PASSION
30
Vni
PIZZ.
UNITE
PIZZ.
DIV.
UNITE
Vle
PIZZ.
Vc. Cb.
Fl.
I.
col canto
a tempo
Ob.
Cl. La
I.
Fg.
I.
Re Cor. La
A.
Luc.
tr
rall.
col fa_vellar del co _ re _ migiu_ra e_ter_na fe', e_terna fe', in
WITH LANGUAGE OF THE HEART HE SWEARS ETERNAL LOVE
PIZZ.
col canto
a tempo
Vni
Vle
Vc. Cb.

Fl.
Ob.
Cl. La
Fg.
Cor. Re
A.
Luc.
Vni
Vle
Vc. Cb.
tr
I.
I.II.
ARCO
e - stasi del più cocente ar - do - re, col fa_vellar del co - re_
31
p
mi giu_ra eter_na fe, gli af_fan_ni miei_di_men_ti_co gioia divie_ne_il
I FORGET MY SORROWS
AND JOY DRIES MY

col canto
a tempo
Cl.
La
Fg.
Cor.
Re
I.II.
A.
Luc.
pian - - - to... par - mi chea lui d'ac - can - - - - to si
TEARS
AND IT SEEMS WHEN I AM WITH HIM
col canto
a tempo
PIZZ.
(PIZZ.)
Vni
Vle
Vc.
Cb.
I.
schiu - da il ciel per me, si
HEAVEN OPENS FOR ME
ARCO

Fl.
Ob.
Cl. La
Fg.
Cor. Re
Luc.
Vni
Vle
Vc. Cb.
I.
p
schiu - da il ciel per me, si
PIZZ.
32
Poco più
schiu - da il ciel per me.
ALISA
Ah!
ARCO
Vc.
Cb.

Fl.
Ob.
Cl.
La
Fg.
Re
Cor.
La
a 2
Trb.
La
I.II. a 2
Trbn.
Tp.
Ali.
gior - ni d'ama - ro pian - to
Ah! s'ap -
DAYS OF BITTER WEEPING
Vni
Vle
Vc.
Cb.

Fl.
Ob.
I.
Cl.
La
Fg.
a 2
Re
Cor.
La
Trb.
La
Trbn.
Tp.
Ali.
-pre - sta - no per te, sì, sì, gior - ni d'ama - ro
ARE IN STORE FOR YOU YES YES
Vni
Vle
DIV.
Vc.
Cb.

Fl.
Ob.
Cl.
La
Fg.
Re
Cor.
La
Trb.
La
Trbn.
Tp.
Alt.
Vni
Vle
Vc.
Cb.
a 2
UNITE
pian - to s'ap - pre - sta_no per te, per

rall.
Fl.
Ob.
a 2
Cl.
La
p
Fg.
Re
Cor.
La
Trb.
La
Trbn.
Tp.
LUCIA
Ah!
Ali.
te, per te. Ah! Lu_ci_a! ah! de_si_sti.
GIVE HIM UP
rall.
Vni
Vle
Vc.
Cb.

33
a tempo
Cl.
La
Fg.
A.
Luc.
Quan_do rapi_to in e _ stasi del più cocente ar_do _ re,
WHEN LOST IN ECSTASY
33
a tempo
Vni
PIZZ.
Vle
DIV. PIZZ.
UNITE
Vc.
Cb.
UNITI
PIZZ.
Fl.
Ob.
Cl.
La
Fg.
Cor.
Re
A.
Luc.
col fa_vellar del co _ re migiu _ ra e_ter_na fè, gli af _
Vni
Vle
Vc.
Cb.

col canto
Fl.
I.
Ob.
I.
Cl. La
I.
p
Fg.
I.
pp
Cor. Re
I.
p
A.
Luc.
-fan-ni miei-di-men-ti-co, gioia di-vie-ne il pian-to,
col canto
Vni
DIV.
Vle
Vc. Cb.
34
a tempo
Cl. La
p
Cor. Re
I.II.
p
A.
Luc.
par-mi che a lui d'ac-can-to. si schiu-da il ciel per
34
a tempo
PIZZ.
p
(PIZZ.)
Vni
p
UNITE
(PIZZ.)
Vle
p
(PIZZ.)
Vc. Cb.
p

Ob.
Cl. La
Fg.
Cor. Re
I.
A.
Luc.
p
me,
si
schiu - da
il ciel per
ARCO
Vni
Vle
Vc. Cb.
Fl.
me
pp
si schiu - da il ciel per
PIZZ.

Poco più
Fl.
Ob.
Cl. La
Fg.
a 2
Re Cor. La
Trb. La
Trbn.
Tp.
A.
Luc.
me, a lui d'ac - can - to si
Poco più
ARCO
Vni
Vle
DIV.
UNITE
Vc.
Cb.

Fl.
Ob.
Cl. La
I.
p
Fg.
pp
a 2
Re
Cor.
La
I.
pp
Trb. La
a 2
Trbn.
Tp.
A.
Luc.
schiuda il ciel per me, ah!
Vni
p
UNITE
Vle
Vc.
Cb.

35
Fl.
Ob.
Cl.
La
Fg.
Re
Cor.
La
a 2
Trb.
La
a 2
Trbn.
Tp.
A.
Luc.
si schiuda il ciel, il ciel per
35
Vni
Vle
Vc.
Cb.

Fl.
Ob.
Cl. La
Fg.
Re Cor. La
a 2
Trb. La
Trbn.
Tp.
A.
Luc.
me, a lui_d'ac_can _ to si schiuda _____ il
Vni
Vle
DIV.
UNITE
Vc.
Cb.

Fl.
Ob.
Cl.
La
Fg.
Re
Cor.
La
Trb.
La
Trbn.
Tp.
A.
Luc.
Vni
Vle
Vc.
Cb.
I.
a 2
ciel ___ per ___ me, ah! ___ si _ schiuda il ciel, il

Fl.
Ob.
Cl. La
Fg.
Re
Cor.
La
a 2
Trb. La
Trbn.
Tp.
A.
Luc.
ciel per me, sì, sì, a lui d'ac_can - to
ALISA
Gior_ni d'ama_ro pian - to,
Vni
Vle
Vc.
Cb.

Fl.
Ob.
Cl.
La
Fg.
Re
Cor.
La
a 2
Trb.
La
Trbn.
Tp.
A.
Luc.
par - si - schiu - da il ciel per - me.
Ali.
sì, s'ap - pre - sta - no per te.
Vni
Vle
DIV.
Vc.
Cb.
ff

Fl.
a 2
Ob.
Cl.
La
Fg.
Re
Cor.
La
a 2
a 2
Trb.
La
a 2
a 2
Trbn.
Tp.
Vni
Vle
UNITE
Vc.
Cb.

Nº4. SCENA E DUETTO - FINALE I.

"Sulla tomba che rinserra,,

LUCIA - EDGARDO

Edg.
-ta-ta io veder-ti chie-de-a: ragion pos-sente, a ciò mi trasse. Pria che in ciel bian-
TO SEE YOU AT THIS UNUSUAL HOUR IT IS FOR A VERE IMPORTANT REASON BEFORE DAWN WHITENS
Vni
p
Vle
Vc. Cb.
LUCIA
Che dici!..
SAY WHAT!
Edg.
-cheggi l'al-ba no-vel-la, dal-le patrie spon-de lun-gi sa-rò. Pe'franchi li-di a-
THE MORNING SKY I SHALL BE FAR FROM MY NATIVE LAND I SET SAIL FOR
Vni
Vle
Vc. Cb.
Luc.
E me nel
AND YOU
Edg.
-mi-ci sciol-go le ve-le: i-vi trattarm'è dato le sor-ti del-la Scozia.
FRANCE'S FRIENDLY SHORES THERE I MUST WORK FOR SCOTLAND'S FUTURE
Vni
Vle
Vc. Cb.

Luc.
Edg.
Vni
Vle
Vc.
Cb.
piantoabbando_nico_sì?
LEAVE ME HERE TO WEEP?
Pria di la_sciarti A_sthon mi vegga... io stenderò pla_
BEFORE LEAVING YOU I MUST SEE ASHTON I WILL OFFER
fp
f
37
All.º moderato
Che a_scol
WHAT DO I
_ca_to a lui la destra, e la tua destra, pegno fra noi di pa_ce, chie_de_rò.
HIM THE HAND OF PEACE AND ASK YOUR HAND IN MARRIAGE...
UNITI
p
(agitata)
affrett.
_to!... Ah no... rimanga nel silenzio se_polto per or l'arcano af_fet_to.
HEAR LET OUR LOVE REMAIN A SECRET FOR NOW
(ironico)
In_
cresc.

Moderato Allegro
Fg.
Trbn.
Edg.
_ten - do! Di mia stirpe il reo persecu_tor de'mali miei ancor pagonon
I UNDERSTAND! THE EVIL PERSECUTOR OF MY FAMILY IS NOT SATISFIED WITH MY MISFORTUNES
Moderato Allegro
Vni
Vle
Vc. Cb.
I.
col canto
Adagio
Trbn.
Edg.
è! Mi tolse il pa_dre, il mio re_taggio a_vi _ to... Nè ba_sta? Che brama an_
HE ROBBED ME OF MY FATHER MY ANCESTRAL HERITAGE NOT ENOUGH? WHAT MORE
col canto
Adagio
Vni
Vle
Vc. Cb.
Edg.
_cor quel cor fe_ro_ce e ri_o? la mia per_dita in_te_ra? il sangue
DOES HE WANT THAT BLOODTHIRSTY VILLAIN MY UTTER RUIN MY LIFE?
Vni
Vle
Vc. Cb.

38
Allegro vivace
Ott.
Fl.
Ob.
Cl. Si♭
Fg.
Mi♭ Cor. Si♭
a 2
Trb. Si♭
Trbn.
in Re
Tp.
LUCIA
Ah,no... Calma,oh ciel,quell'i-ra estre-ma.
EDG.
(con forza)
mio? Egli m'odia... M'abborre... Fiamma arden-te in sen mi
38
Allegro vivace
Vni
Vle
Vc.
Cb.

Fl.
Ob.
p cresc.
Cl. Sib
p cresc.
I.
Fg.
p cresc.
a 2
Mib Cor. Sib
p cresc.
Trb. Sib
I.
Trbn.
Luc.
Ed - gar
Edg.
scor - re!
M'o - di.
IN MY HEART
LISTEN TO ME.
Vni
p cresc.
Vle
p cresc.
Vc.
p cresc.
Cb.
p cresc.

col canto
Fl.
Ob.
Cl. Sib
a 2
Fg.
I.
fp
Mib Cor. Sib
a 2
III.
Trb. Sib
I.
Trbn.
Luc.
-do!..
Edg.
rall.
M'o - di, e tre - ma!
HEAR ME
A TREMBLE
col canto
Vni
Vle
f
Vc.
Cb.

39 Larghetto
Cor. Mib
Edg.
Sul-la tomba che rinser-ra il tra-di-to ge-ni-to-re al tuo sangue eter-na
OVER THE TOMB WHERE MY BETRAYED FATHER LIES IN MY RAGE I
39 Larghetto
PIZZ.
Vni
Vle
Vc.
Cb.
Fl.
Cl. Sib
Fg.
Cor. Mib
FA-SI♭
Tp.
LUCIA
(strido)
Ah!
cresc.
dolce
guer-ra io giu-rai nel mio fu-ro-re: ma ti vi-di, e in cor mi nacque al-tro af-
SWORE TO RAGE ETERNAL WAR ON YOUR KIN BUT I SAW YOU A NOTHER EMOTION STIRRED

Fl.
Cl. Sib
Fg.
Cor. Mib
Tp.
Edg.
-fet-to, e l'i-ra tacque; pur quel vo-to non è in-fran-to... io po-trei, sì, sì, sì, sì, po-trei compir-lo an-
IN MY HEART AND ANGER FLED BUT THAT VOW IS NOT BROKEN I COULD WELL FULFILL IT YET
Vni
Vle
Vc.
Cb.
cresc.
40
Fl.
Cl. Sib
Fg.
Cor. Sol
III.IV.
LUCIA
con affetto
Deh! ti pla - ca, deh! ti pla - ca, deh! ti fre - na...
CALM YOUR ANGER
CONTROL YOURSELF
Edg.
-cor! Ah Lu-
40
ARCO
Vni
DIV.
PIZZ.
Vle
Vc.
Cb.

Fl.
Cl. Sib
Fg.
Cor. Sol
III.IV.
Luc.
può tra - dir - ne, può tra - dir - ne un so - lo ac - cen - to! Non ti
A SINGLE WORD CAN BETRAY US
IS
Edg.
- ci - a!
Vni
Vle
Vc.
Cb.
Mib Cor. Sol
ba - sta la mia pe - na? vuoi ch'io mo - ra di spa - ven - to?
MY SUFFERING NOT ENOUGH?
DO YOU WANT ME TO DIE OF FRIGHT?
Ah! no, no, no,
cresc.
cresc. UNITE
cresc.

41
Fl.
Ob.
Cl. Sib
Fg.
Mib Cor. Sol
Trb. Sib
Luc.
Ce - da, ce - da o gn'al - tro af - fet - to, so - lo a -
BANISH ALL OTHER FEELINGS SAVE
Edg.
no.
41
Vni
Vle
DIV.
Vc.
Cb.
col canto
Fg.
Cor. Mib
Luc.
- mor t'in - fiammi il pet - to; un più no - bi - le, più san - to d'o - gni voto è un puro a -
LOVE FROM YOUR HEART A NOBLER HOLIER VOW THAN ANY OTHER IS PURE LOVE
Edg.
Pur quel
col canto
Vni
UNITE
Vle
Vc.
Cb.

a tempo
col canto
cresc.
rall.
Fl.
Ob.
Cl. Sib
Fg.
Cor. Sol
III.IV.
Luc.
-mor, ah! so-lo a - mo - re t'in-fiam-mi il pet - - to, ah,
Edg.
vo - to non è in - fran - to, io po - tre - - i, sì, po -
ONLY LOVE
VOW NOT BROKEN...
Vni
Vle
Vc.
Cb.
p
so - lo, sì, solo a - mor, ah, so-lo a - mo - re t'in-fiam-mi il pet - - to, ah,
-tre - i compirlo an-cor, no, non è in - fran - to, io po - tre - - i, sì, po -

a tempo
affrett. un poco
Cl. Sib
Fg.
Mib Cor. Sol
a 2
Luc.
so - lo, sì, solo a - mor.
Ce - di, ce - di a
YIELD TO ME
Edg.
- trei compirlo an - cor, io po - trei com - pir - lo an - cor,
Vni
Vle
ARCO
Vc.
Cb.
calando
Fl.
Ob.
I.
me, ce - di, cedi all'a - mor.
sì, po - trei compirlo an - cor, an - cor.
PIZZ.

42 All.° vivace
Ott.
Fl.
Ob.
Cl. Si ♭
Fg.
a 2
Mi ♭
Cor.
Si ♭
Trb. Si ♭
Trbn.
EDGARDO
(con subita risoluzione)
Qui di spo_sa eter_na___
42 All.° vivace
Vni
Vle
Vc.
ARCO
Cb.
ARCO

Fl.
Ob.
Cl. Si ♭
Fg.
Mi ♭ Cor. Si ♭
Trb. Si ♭
Trbn.
Tp.
Edg.
fe_de,qui mi giu_ra alcie_lo in_nan_te:
Dio cia_
BEFORE HEAVEN TO BE MY BRIDE
Vni
Vle
Vc.
Cb.

Ott.
Fl.
Ob.
Cl. Si♭
Fg.
Mi♭ Cor. Si♭
Trb. Si♭
Trbn.
Tp.
Edg.
-scol-ta, Dio ci— ve-de; tem - pio ed a - ra è un co - re a - mante; al tuo
US GOD SEES US CHURCH AND ALTAR A LOVING HEART TO YOUR
Vni
Vle
Vc.
Cb.
pp
p
f

Ott.
Fl.
a 2
Ob.
Cl. Si♭
Fg.
Mi♭
Cor.
Si♭
a 2
Trb. Si♭
Trbn.
Tp.
(ponendo un anello al dito di Lucia)
Edg.
fa - to
u-nisco il mi - o,
son tuo spo - so.
DESTINY
Vni
Vle
Vc.
Cb.

43
Poco più
Ott.
Fl.
a 2
Ob.
Cl. Si♭
Fg.
Mi♭ Cor. Si♭
Trb. Si♭
Trbn.
Tp.
LUCIA (porgendo a sua volta il proprio anello ad Edgardo)
E tua son i - o. Ah! sol_tan_to il no_stro fo_co spe_gne_rà di mor_te il
Edg.
Ah! sol_tan_to il no_stro fo_co spe_gne_rà di mor_te il
43
Poco più
Vni
Vle
DIV.
Vc.
PIZZ.
Cb.
PIZZ.

Fl.
I.
p
Ob.
Cl. Si♭
Fg.
p
f
Mi♭
Cor.
Si♭
p
f
f
Tp.
p
Luc.
gel. A' miei vo_ti amo_re in_vo_co, a' miei vo_ti invo_co il ciel, a' miei
Edg.
gel. A' miei vo_ti invo_co il cie_lo, il ciel, in_vo_co il ciel, a' miei
Vni
f
f
UNITE
Vle
f
ARCO
Vc.
f
ARCO
Cb.
f

Fl.
Ob.
Cl. Si♭
Fg.
Mi♭ Cor. Si♭
Trb. Si♭
Trbn.
Tp.
Luc.
vo - ti in - vo.co il cie - lo, in - vo - co il cie - lo, in -
TO WITNESS OUR VOWS
Edg.
vo - ti in - vo.co il ciel, in - vo.co il ciel, in -
Vni
Vle
Vc.
Cb.

44
Fl.
Ob.
Cl. Si ♭
Fg.
a 2
Mi ♭
Cor.
Si ♭
Trb. Si ♭
Trbn.
Tp.
Luc.
-vo - co il ciel.
Edg.
-vo - co il ciel.
Se - pa -
WE MUST
44
Vni
Vle
Vc.
Cb.

Fl.
Ob.
Cl. Si ♭
Fg.
Mi ♭ Cor. Si ♭
Trb. Si ♭
Trbn.
Tp.
Luc.
Oh, pa-ro-la a me fu-ne-sta!
HOW I DREAD THOSE WORDS
Edg.
-rar-ci omai con-vie-ne.
PART NOW
Vni
Vle
Vc.
Cb.

Fl.
Ob.
Cl.
Si♭
Fg.
Mi♭
Cor.
Si♭
Trb.
Si♭
Trbn.
Tp.
Luc.
Il mio cor con te ne vie_ne.
MY HEART GOES WITH YOU
Edg.
Il mio cor con te ne
MINE STAYS HERE WITH YOU
Vni
Vle
Vc.
Cb.

45
Fl.
Ob.
Cl. Si♭
Fg.
Mi♭ Cor. Si♭
a 2
Trb. Si♭
Trbn.
Tp.
Luc.
Ah! Ed_gar - do! ah! Ed_
Edg.
resta, il mio cor con te qui re_sta.
45
Vni
Vle
Vc.
Cb.

col canto
Fl.
Ob.
Cl. Si ♭
a 2
Fg.
a 2
Mi ♭
Cor.
a 2
Si ♭
Trb. Si ♭
Trbn.
Tp.
a piacere
Luc.
-gar - do!
Ah! ta-
Edg.
Se - pa-rar - ci omai con-vien.
col canto
Vni
Vle
Vc.
Cb.

Luc.
-lor del tuo pen-siero venga un fo-glio messag-ge-ro, e la vi-ta fug-gi-ti-va di spe-
Vni
PIZZ.
Vle
UNITI
Vc.
Cb.
-ran-ze nu-dri-rò.
Ah!
Ver-
EDGARDO
Io di te memo-ria vi-va sempre, o ca-ra ser-be-rò.
46
Moderato assai
Fl.
I.
Cl. Si♭
sempre legato
-ran-no a te sul-l'a-u-re i miei so-spi-ri ar-den-ti, u-drai nel

Ob.
Cl. Si♭
Luc.
mar che mor - mo - ra l'e - co de' mie - i la - men - ti... Pen - san - do ch'io di
IN THE MURMURING SEA THE ECHO OF MY LAMENTS WHEN YOU THINK OF ME
Vni
Vle
Vc. Cb.
I.
Fl.
Ob.
Cl. Si♭
Fg.
Cor. Mi♭
Luc.
ge - mi - ti mi pa - sco e di do - lor spargiun'a - ma - ra là - gri -
LIVING ON TEARS + GRIEF THEN SHED A BITTER TEAR ON
Vni
Vle
Vc. Cb.

I.
accel.
Fl.
Ob.
Cl.
Si♭
Fg.
I.
a 2
Mi♭
Cor.
Si♭
a 2
I.
Trb.
Si♭
Luc.
_ma su que_sto pe_gno al_lor, ah! su que_sto pe_gno al_lor, Ah!
THIS RING
accel.
ARCO
Vni
ARCO
ARCO
Vle
ARCO
Vc.
ARCO
Cb.

string. e cresc.
Fl.
Ob.
Cl. Si♭
Fg.
Mi♭ Cor. Si♭
a 2
a 2
Trb. Si♭
a 2
I.
Trbn.
Tp.
Luc.
su que_sto pe_gno al_lor, ah! su quel pe_gno al_
Edg.
Ver_
string. e cresc.
Vni
DIV.
Vle
Vc.
Cb.

47 I. Tempo
Fl.
Cl. Si♭
Luc.
Edg.
I.
fp
- lor.
- ran - no a te sul - l'a - u - re i miei so - spi - ri ar - den - ti, u - drai nel mar che
THE BREEZE WILL COME TO YOU . .
PIZZ.
Vni
Vle
Vc. Cb.
UNITE PIZZ.
UNITI PIZZ.
p
Ob.
Cor. Mi♭
mor - mo - ra l'e - co de' miei la - men - ti... Pen - san - do ch'io di ge - mi - ti mi

Fl.
Ob.
Cl. Si♭
Fg.
Cor. Mi♭
Edg.
pa-sco e di do-lor spargi un'a-ma-ra la-gri-ma su que-sto pe-gno al-
Vni
Vle
Vc. Cb.
accel.
Fl.
Ob.
Cl. Si♭
Fg.
Mi♭ Cor Si♭
Trb. Si♭
Trbn.
LUCIA
Ah! sì, su quel pe-gno al-
Edg.
-lor, Ah! su questo pe-gno al-lor, ah! su que-sto pe-gno al-
accel.
ARCO
Vni
Vle
Vc. Cb.

string. e cresc.
48
Poco più
Fl.
Ob.
Cl. Si♭
Fg.
Mi♭ Cor. Si♭
a 2
Trb. Si♭
Trbn.
Tp.
Luc.
-lor Ed-gar - do...
Il tuo
Edg.
-lor ah! su quel pe-gno al-lor.
string. e cresc.
48
Poco più
Vni
Vle
DIV.
UNITE
Vc.
Cb.

Fl.
Ob.
Cl.
Si ♭
a 2
Fg.
Mi ♭
Cor.
Si ♭
Trb.
Si ♭
a 2
I.
Trbn.
f
Tp.
f
Luc.
scrit - to sem - pre vi - va la me - mo - ria in
Edg.
Ca - - ra!
tr
Vni
Vle
Vc.
Cb.

Fl.
Ob.
a 2
Cl.
Si ♭
a 2
Fg.
a 2
Mi ♭
Cor.
Si ♭
a 2
a 2
Trb.
Si ♭
a 2
Trbn.
Tp.
Luc.
me ter - rà.
Edg.
Sì, sì, Lu - ci - a, sì, sì.
Vni
tr
3
Vle
Vc.
Cb.

49
I. Tempo
rall.
I.
p leggero
pp legato
Fl.
Ob.
p leggero
Si♭
Cl.
Si♭
p
(in mancanza dell'arpa)
Fg.
Cor.
Mi♭
I.II.
Tp.
pp
A.
Luc.
Ah! Ver - ran - no a me sul - l'au - re i
Edg.
Ah! Ver - ran - no a te sul - l'au - re i
DIV.
PIZZ.
Vni
Vle
Vc.
Cb.
pp

Fl.
Ob.
Sib
Cl.
Sib
Fg.
Cor. Mib
Tp.
A.
Luc.
tuoi so-spi-ri ar-den-ti, u-drò nel mar che mor-mo-ra
Edg.
miei so-spi-ri ar-den-ti, u-drai nel mar che mor-mo-ra
Vni
Vle
Vc.
Cb.

I.
Fl.
Ob.
I.
Si♭
Cl.
Si♭
Fg.
Mi♭
Cor.
Si♭
p
p
a 2
III.
Tp.
A.
Luc.
l'e_co de'tuo_i la_men - ti... Pen_san - do che di ge - mi_ti mi
Edg.
l'e_co de'mie_i la_men - ti...
Vni
Vle
Vc.
Cb.

50
Ott.
Fl.
Ob.
Si♭
Cl.
Si♭
Fg.
Mi♭
Cor.
Si♭
Tp.
A.
Luc.
. pa - sco e di do - lor
spar - gi su
Edg.
Spargi un'a - ma - ra la - gri - ma su
50
Vni
Vle
Vc.
Cb.
I.
p

string.
Ott.
Fl.
Ob.
Cl. Si♭
Fg.
Mi♭ Cor. Si♭
a 2
Trb. Si♭
f
Trbn.
Tp.
A.
cresc.
Luc.
que - sto pe - gno al lor, ah! su que sto pe - gno al lor, ah! su
Edg.
que - sto pe - gno al lor, ah! su que sto pe - gno al lor, ah! su
string.
Vni
Vle
Vc.
Cb.

Ott.
Fl.
Ob.
Cl. Si ♭
Fg.
Mi ♭
Cor.
Si ♭
a 2
Trb. Si ♭
Trbn.
Tp.
A.
Luc.
— que_sto pe_gno al_lor, ah! que_sto pe_gno al-
Edg.
— que_sto pe_gno al_lor, ah! que_sto pe_gno al-
Vni
DIV. ARCO
Vle
ARCO
Vc.
ARCO
Cb.

51 Più allegro
Ott.
Fl.
Ob.
Cl. Si ♭
Fg.
Mi ♭
Cor.
Si ♭
Trb. Si ♭
Trbn.
Tp.
Luc.
- lor, sì, sì, al - lor, sì, sì, al -
Edg.
- lor, sì, sì, al - lor, sì, sì, al -
51 Più allegro
UNITI
Vni
UNITE
Vle
Vc.
Cb.
ff

Ott.
Fl.
Ob.
Cl. Si ♭
Fg.
Mi ♭
Cor.
Si ♭
Trb. Si ♭
I.
I.
a 2
Trbn.
Tp.
Luc.
-lor.
Ad - di - - o.
Edg.
-lor. Io par - to...
Vni
Vle
Vc.
Cb.

col canto
a tempo
Ott.
Fl.
Ob.
Cl. Si♭
Fg.
Mi♭ Cor. Si♭
Trb. Si♭
a 2
Trbn.
Tp.
Luc.
Ed - - gar - -
Edg.
rall. non tanto
Ram-men-ta-ti, ne strin-ge il ciel.
Ad - di - -
REMEMBER, HEAVEN HAS JOINED US
col canto
a tempo
Vni
Vle
Vc.
Cb.
ff

52
Ott.
Fl.
a 2
Ob.
Cl.
Si ♭
Fg.
Mi ♭
Cor.
Si ♭
Trb.
Si ♭
Trbn.
Tp.
ff
(si ritira nel Castello)
Luc.
- do!
(parte)
Edg.
- o!
52
Vni
Vle
Vc.
Cb.

Ott.
Fl.
a 2
Ob.
Cl.
Si ♭
Fg.
Mi ♭
Cor.
Si ♭
a 2
Trb.
Si ♭
a 2
a 2
a 2
Trbn.
Tp.
Vni
Vle
Vc.
Cb.

Ott.
Fl.
Ob.
Cl. Si ♭
Fg.
Mi ♭
Cor.
Si ♭
Trb. Si ♭
a 2
Trbn.
Tp.
Vni
Vle
Vc.
Cb.
ff
Fine della Parte Prima

ATTO PRIMO

APPARTAMENTI DI LORD ASTHON

Nº 5. SCENA

"Lucia fra poco a te verrà,,

SCENA I.

Ott.
Cl. Do
I.
Fg.
Re Cor. La
III.
a 2
Trb. La
I. II.
Trbn.
Tp.
Vni
ARCO
Vle
Vc.
Cb.
1
I.
PIZZ.
p cresc.

Fg.
Re
Cor.
La
Trb.
La
I.
Tp.
dim.
Vni
Vle
Vc.
Cb.
PIZZ.
p dim.
(PIZZ.)
2
Recitativo
NORMANNO
Luci_a fra pocoatever_rà.
ENRICO
(seduto presso un tavolino)
Tremante l'a_

Fl.
Ob.
Cl. Do
Fg.
Re Cor. La
Trb. La
Trbn.
Tp.
Enr.
-spetto.
AWAIT
A festeggiar le nozze il-
TO HONOR OUR
ARCO
PIZZ.
Vni
Vle
Vc.
Cb.
-lustri, già nel castel-lo i no-bi-li paren-ti giunser di mia fa-mi-glia; in
DISTINGUISHED MARRIAGE ALREADY IN THE CASTLE HAVE ASSEMBLED MY NOBLE KINSMEN

NORMANNO
Enr.
(sorgendo agitatissimo)
Non te_
DO NOT
breve Ar_tu_roqui vol_ge... E s'el_la per_ti_na_ce o_sas_se d'opporsi?...
ARTURO WILL SOON BE HERE AND IF SHE STUBBORNLY REFUSES?
Vni
Vle
Vc.
Cb.
Nor.
_mer: la lunga assenza del tuo ne_mi_co, i foglida noi ra_pi_ti, e la bugiarda
FRET YOUR ENEMY'S ABSENCE HIS LETTERS INTERCEPTED AND THE FALSE
fp
nuo_va ch'egli s'acce_se d'altra fiamma, in co_re di Lu_ci_a spegneranno il cieco a_
REPORT HE IS AFIRE WITH A NEW FLAME WILL STIFLE TO BLIND LOVE IN LUCIA'S HEART
f

Nor.
-mo-re.
ENRICO
El - la s'a-van-za. Il simu-la-to foglio por-gimi,
SHE IS COMING GIVE ME THE FORGED LETTER
Vni
Vle
Vc.
Cb.
f
p
(Normanno gli dà il foglio.)
Enr.
ed e-sci sulla via che tragge al-la cit-tà re-gi-na di Scozia, e qui fra
NOW RIDE OUT TO THE HIGHWAY LEADING TO SCOTLAND'S ROYAL CITY AND
Allegro
(Normanno esce.)
plausi e lie-te grida conduci Ar-tu-ro.
AMID CHEERS AND JOYFUL SHOUTS ESCORT ARTURO HERE
Allegro

Nº 6. DUETTO

"Il pallor funesto, orrendo,,

LUCIA - ENRICO

Larghetto
I.
Cl. Do
Enr.
-derti, inquesto dì, ched'Imeneo le faci s'accendono per te.
TODAY
THIS DAY
WHEN HYMEN'S TORCHES ARE LIT FOR YOU
Larghetto
Vni
Vle
UNITI
Vc. Cb.
3
Moderato
a 2
Fl.
Ob.
Do Cl. Do
Fg.
Re Cor. Sol
Trb. Re
Trbn.
SOL-RE
Tp.
Enr.
Miguardi e ta - ci?
NOTHING TO SAY?
3
Moderato
Vni
Vle
Vc. Cb.

Fl.
Ob.
Cl. Do
Fg.
Re Cor. Sol
Trb. Re
Trbn.
Tp.
LUCIA
Il pal_lor fune _ sto orren _ do che ri _ copre il vol _ to mi _ _ _ o
THIS MORTAL PALLOR WHICH HORRIBLY MASKS MY FACE
Vni
Vle
Vc.
Cb.
4
Cl. Do
Luc.
ti rim_pro _ ve_ra ta_cen _ do
MUTELY BLAMES YOU FOR MY GRIEF AND ANGUISH
4
Vni
Vle
PIZZ.
Vc.
PIZZ.
Cb.

Cl. Do
Fg.
p
p
Luc.
il mio stra - zio, il mio do - lo - re.
Vni
Vle
Vc.
Cb.
Fl.
I.
p
Cl. Do
I.
p
Fg.
Cor. Re
I.
p
Luc.
cresc.
Per - do - na - re ti pos - sa Id - di - o l'i - nu -
MAY GOD FORGIVE YOU FOR YOUR INHUMAN CRUELTY
Vni
Vle
Vc.
ARCO
Cb.
ARCO

I.
Fl.
Ob.
Cl.
Do
Fg.
Re
Cor.
Sol
Trb.
Re
Trbn.
Luc.
-ma - no tu-o ri-gor, per-do-nar ti pos - sa Id-di-o, ah, l'i-nu-
Vni
Vle
Vc.
Cb.
Fl.
Cl.
Do
Luc.
-ma - no-tuo-ri - gor,
Vni
Vle
Vc.
Cb.

Fl.
a 2
Ob.
Cl.
Do
Fg.
Re
Cor.
Sol
Trb.
Re
Trbn.
Tp.
Luc.
l'i-nu-ma - no tuo ri - gor, il tuo ri -
Vni
Vle
Vc.
Cb.

a 2
5
Fl.
Ob.
Cl.
Do
Fg.
Re
Cor.
Sol
Trb.
Re
Trbn.
Tp.
Luc.
-gor, il tuo ri - gor e il mi.o do - - lor.
FOR MY GRIEF
5
Vni
Vle
Vc.
Cb.
f

Moderato
Fl.
Ob.
Cl. Do
Fg.
Re Cor. Sol
Trb. Re
Trbn.
Tp.
ENRICO
A ra.gion mi fe'spie_ta_to quel che t'arse indegno affet _ to.
Moderato
Vni
Vle
Vc.
Cb.
6
I.
Fl.
Cl. Do
Enr.
Ma si tac - cia del pas_sa - to...
6
Vni
DIVISE
UNITE
Vle
PIZZ.
Vc.
PIZZ.
Cb.

Fl.
Ob.
Cl. Do
Fg.
Enr.
tuo fra - tel - lo, tuo fra - tel lo so - no an cor.
I AM STILL YOUR BROTHER
Vni
Vle
Vc.
Cb.
Fl.
Ob.
Fg.
Re Cor. Sol
Enr.
Spen - ta è l'i - ra nel mi o pet to, spe - gni
I HAVE COOLED MY ANGER
NOW COOL
Vni
Vle
Vc.
Cb.
ARCO
ARCO
cresc:

Fl.
Ob.
Cl. Do
Fg.
Re Cor. Sol
Trbn.
mf cresc.
Enr.
tu_ l'insa - no a - mor, spenta è l'i_ra nel mio_ pet_to, spe - gni_
YOUR INSANE LOVE
Vni
Vle
Vc.
Cb.
Fl.
Cl. Do
Fg.
Cor. Re
cresc.
Enr.
tu_ l'in_sa_no, a_mo - re, si. spe_gni tu l'in_sa_no a_mor, ah!
Vni
Vle
Vc.
Cb.

a 2
Fl.
Ob.
Cl.
Do
Fg.
a 2
Re
Cor.
Sol
a 2
Trb.
Re
a 2
Trbn.
Tp.
Enr.
spegni tu l'in - sa - no a - mor, l'in - sa - no a -
Vni
Vle
Vc.
Cb.

Fl.
Ob.
Cl. Do
Fg.
Re
Cor.
Sol
Trb. Re
Trbn.
Tp.
Enr.
-mor, l'in - sa - no a - mor, spe - gni tu l'insa - no a - mor. No - bil
A NOBLE
Vni
Vle
Vc.
Cb.

7 Più allegro
Fl.
Ob.
Cl. Do
Fg.
Re
Cor.
Sol
a 2
Trb. Re
Trbn.
LA-MI
Tp.
LUCIA
Ces_sa... ces_sa... Ad al_tr'uom_ giu_ra_i mi_a
STOP STOP I AM PROMISED TO ANOTHER
Enr.
spo_so... Co_me?
HUSBAND WHY?
7 Più allegro
Vni
Vle
Vc.
Cb.

Fl.
Ob.
Cl. Do
Fg.
a 2
Re Cor. Sol
Trb. Re
Trbn.
Tp.
ff
Luc.
fe'. En - ri - co!... Ad al-tro giura - i, ad
I GAVE A SOLEMN
Enr.
(iracondo)
Nol po-te - vi... Nol po-te - vi.
YOU CANNOT BE
Vni
Vle
Vc.
Cb.
col canto
al-tro giu-rai mia fe'.
PROMISE TO ANOTHER
(raffrenandosi)
rall.
(porgendole il foglio che eb-
Basti... Questo foglio appienti di-ce qual crudel, qual empio ama-sti.
ENOUGH
THIS LETTER GIVES AMPLE PROOF OF YOUR LOVERS CRUEL VILLAINY
p

8
Allegro
Fl.
Ob.
Cl.
Do
Fg.
in SI♭
Sib
Cor.
in MI♭
Mib
Trb.
Re
Trbn.
Tp.
a 2
p cresc.
III.
(Legge: la sorpresa ed il più vivo affanno si dipingono nel suo volto ed un tremito l'investe dal capo alle piante.)
Luc.
Ah!
il core mi bal-
MY HEART FALTERS
be da Normanno)
Enr.
Leggi.
READ IT.
8
Allegro
Vni
Vle
Vc.
Cb.

Meno mosso
9 Larghetto
Ob.
Fg.
Sib
Cor.
Mib
Luc.
-zò!
Me in - fe - li - ce!..ahi!.. la fol - gore piom - bò!
(accorrendo in soccorso di lei)
MISERY!
A FATAL BOLT FROM THE BLUE!
Enr.
Tu va-cil-li!...
YOU ARE GIDDY
Meno mosso
9 Larghetto
Vni
Vle
Vc.
Cb.
PIZZ.
PIZZ.
Ob.
Sib
Cor.
Mib
Vni
Vle
Vc.
Cb.

Ob.
Fg.
Si♭
Cor.
Mi♭
I.
III.
LUCIA
Sof_fri - va nel pian_to... lan-
I SUFFERED IN TEARS
Vni
Vle
Vc.
Cb.
I.II.
Luc.
-gui - a nel do-lo - re... la spe - me, la vi - ta ri-po - si in un
LANGUISHED IN GRIEF
MY HOPES
MY LIFE
I PLEDGED TO ONE
DIV.
UNITE

affrett.
col canto
Fg.
Sib
Cor.
Mib
I.
III.
cresc.
p cresc.
affrett. e cresc. di forza
rall.
Luc.
cor l'i_stan_te di mor_te è giun_to per me!
HEART THE MOMENT OF DEATH IS UPON ME
Vni
Vle
DIV.
UNITE
Vc.
ARCO
Cb.
a tempo
Fl.
Ob.
Cl.
quel co_re in_fe_de_le ad al_tra, ad altra si
HE GAVE HIS FAITHLESS HEART TO ANOTHER
PIZZ.

10
Fg.
Sib
Cor.
Mib
III.
Luc.
die'!
Oh
ENRICO
Un fol.le t'ac.ce - se, un per.fido a.mo - re: tradisti il tuo san - gue per vil sedut -
A MAD EVIL LOVE CONSUMED YOU
YOU BETRAYED YOUR KIN FOR A
10
Vni
PIZZ.
Vle
PIZZ.
Vc.
(PIZZ.)
Cb.
(PIZZ.)
Fl.
I.
Ob.
I.
Fg.
Sib
Cor.
Mib
III.
Luc.
Di - o!
Ahi -
Enr.
- to - re... ma degna del cie - lo ne a.vesti mer.ce', quel core infe.de - le ad altra si
VILE SEDUCER
BUT HEAVEN GAVE YOU A JUST REWARD
HE GAVE HIS FICKLE HEART TO ANOTHER
Vni
Vle
Vc.
Cb.

Fl.
Ob.
Cl. Sib
Fg.
Sib Cor. Mib
a2
Luc.
-mè! L'i - stan-te tre-men - do è giun-to per me, si quel co-re in-fe -
THE TERRIBLE MOMENT HAS COME FOR ME
Enr.
diè. Un fol-le t'ac - ce - se, un per-fi-do a-mo - re: tra - di-sti il tuo
Vni
Vle
Vc.
Cb.

Fl.
Ob.
Cl. Si♭
Fg.
Si♭ Cor. Mi♭
Trb. Si♭
Trbn.
II. III. a 2
Tp.
Luc.
-de - le ad al-tra si die - de, quel core in-fe - de - le ad altra si
Enr.
san - gue per vil se-dut - to - re, ma de-gna del cie - lo ne ave-sti mer-
Vni
ARCO
Vle
Vc.
Cb.

Fl.
Ob.
Cl. Si♭
Fg.
a 2
Si♭ Cor. Mi♭
Trb. Si♭
Trbn.
Tp.
Luc.
die', quel co - - - re in - fe - de - le, quel co - re infe -
Enr.
- ce', quel co - - - re in - fe - de - le, quel co - re infe -
Vni
Vle
Vc.
Cb.
I.
p
PIZZ.

Fl.
Ob.
Cl. Sib
Fg.
Sib Cor. Mib
Luc.
-de - le adaltra si die', adal - tra si die', adal - tra, ad
Enr.
-de - le adaltra si die', adal - tra si die', sì, sì, si die', adal - tra, ad
Vni
Vle
Vc.
Cb.
Fl.
Fg.
Cor. Sib
Luc.
al - tra, adal - tra si die'!
Enr.
al - tra, adal - tra si die'!
Vni
Vle
Vc.
Cb.

11
(Si odono echeggiare da lontano festivi suoni.)
Vivace
Banda
Luc.
Enr.
Cb.
Che fi_a!
Suo_nar di giu _ bi_
_lo sen_ti la ri_va?
Eb_bene?
Giun_ge il tuo spo_so.
Un bri_vido mi cor_se per le ve_ne!
A te s'apresta il ta_lamo...
tom _ ba, la tom_ba a me s'ap _ pre_sta!
Ho sugli occhi un
O _ ra fa_ta_le è que _ -

12 Meno allegro
Fg.
Banda
Luc.
vel!
MY EYES
Enr.
_sta! M'o_di. Spento è Guglielmo... a_scen _ dere ve_dre_mo il tro_no, Ma_ri _ a... Pro_
LISTEN TO ME WILLIAM IS DEAD WE SHALL SEE UPON THE THRONE MARY PROSTRATE
12 Meno allegro
Vni
ARCO
Vle
ARCO
Vc.
ARCO
Fg.
cresc.
Cor. Sol
III. IV.
Tp.
Luc.
Ah! io tremo!
I TREMBLE
Enr.
_stra _ ta è nel _ la pol _ vere la par _ te ch'io se_gui_a...
Dal pre_ci_
IN THE DUST IS THE PARTY I SUPPORTED
FROM RUIN
Vni
cresc.
Vle
cresc.
Vc.
cresc.

Fl.
Ob.
Cl. Si♭
Fg.
a 2
Re Cor. Sol
cresc.
Trb. Si♭
Trbn.
Tp.
ff
Luc.
Ed i_o? ed i_o?
HOW CAN I?
Enr.
_pi_zio Artu_ro può sot_trarmi, sol e_gli... Sal_
ARTURO CAN RESCUE ME AND ONLY HE
YOU
Vni
Vle
Vc.
ARCO
Cb.

Fl.
Ob.
Cl. Sib
Fg.
Re Cor. Sol
a 2
Trb. Sib
Trbn.
Tp.
Luc.
En - ri - co! Ad altri giu - ra - i.
I HAVE SWORN TO WED ANOTHER
Enr.
- var - mi de - vi. Vieni allo spo - so. De - vi sai -
MUST SAVE ME
COME TO YOUR HUSBAND
Vni
Vle
Vc.
Cb.

col canto
a 2
ff
Fl.
Ob.
Cl. Sib
in DO
Fg.
pp
I.
Re
Cor.
Sol
Trb. Sib
Trbn.
I.II.a 2
III.
Tp.
Luc.
a piacere
Ma...
Oh ciel! Oh ciel!
Enr.
(in atto di uscire)
-varmi. Il de - vi.
col canto
Vni
Vle
Vc.
Cb.

13 Vivace
Fl.
Cl. Do
Fg.
Cor. Re
I. II.
(ritornando a Lucia e con accento rapido ma energico)
Enr.
Se tra_dir_mi tu po_tra_i, la mia sor_te è già com_
IF YOU BETRAY ME
MY LIFE IS SEALED
13 Vivace
Vni
PIZZ.
Vle
PIZZ.
Vc.
PIZZ.
Cb.
PIZZ.
_pi ta... tu m'in_vo_lio_no_ree vi_ta, tu la scu_reap_pre_sti a
FOREVER
YOU ROB ME OF HONOR AND LIFE
AND DELIVER ME TO DEATH

Poco meno
Fl.
Ob.
Cl. Do
Fg.
Cor. Re
Cor. Sol
Enr.
me... Ne' tuoi so_gni mi_ve_dra_i om_brai_ra_ta e mi_nac_
IN YOU DREAMS YOU WILL SEE ME AN ANGRY, MENACING
Poco meno
Vni
Vle
UNITI
Vc. Cb.
14
I. Tempo
Fl.
Ob.
Cl. Do
Fg.
Cor. Re
Cor. Sol
Trb. Re
Enr.
_cio_sa: quel_la scu_re san_gui_no_sa sta_rà_sempre in_nan_zi_a
SPECTRE
14
THE BLOODY AXE WILL ALWAY BE BEFORE YOUR EYES
I. Tempo
Vni
Vle
Vc. Cb.

Fl.
Ob.
Cl. Do
Fg.
Re Cor. Sol
Trb. Re
Trbn.
Tp.
Enr.
te, sta-rà sempre, sta-rà sem - pre in-nan - zi a te, sta-rà sempre, sempre, sem -
Vni
ARCO
Vle
Vc. Cb.
15
Fg.
Cor. Re
I. II.
LUCIA
(volgendo gli occhi gonfi di lagrime al cielo)
Tu che ve - di il pian - to mi - o... tu che
YOU WHO SEE MY TEARS YOU WHO
Enr.
- pre in-nan - zi a te!
Vni
PIZZ.
Vle
Vc. Cb.

Fl.
Cl. Do
Fg.
Cor. Re
Luc.
leg_gi in que_sto co_re, se re_spin_to il mio do_lo_re, co_me in
READ WHAT IS IN MY HEART IF MY GRIEF IS NOT IGNORED IN HEAVEN, AS
Vni
Vle
Vc. Cb.
16
Poco meno
Cl. Do
Fg.
Re Cor. Sol
a 2
Luc.
terra, in ciel non è; tu mi to_gli, e_ter_no Id_di_o, que_sta
IT IS ON EARTH, TAKE THIS WRETCHED LIFE OF MINE, O GOD,
16
Poco meno
Vni
Vle
Vc. Cb.

a tempo
Fl.
Ob.
I.
Cl.
Do
Fg.
a 2
Re
Cor.
Sol
Trb.
Re
Trbn.
Tp.
Luc.
vi - ta__ di - spe - ra - ta... io son tan - to sven - tu - ra - ta,
THIS HOPELESS LIFE OF MINE I AM SO WRETCHED THAT DEATH WILL BE
a tempo
Vni
Vle
Vc.
Cb.

Fl.
Ob.
Cl. Do
Fg.
Re Cor. Sol
Trb. Re
Trbn.
Tp.
Luc.
che la mor - te è un ben per me, sì, la mor - te, sì, la mor - te è un ben per
A BOON FOR ME
Vni
ARCO
Vle
Vc.
Cb.

17
Fl.
a 2
Ob.
Cl.
Do
Fg.
Re
Cor.
Sol
Trb.
Re
I.
Trbn.
Tp.
Luc.
me, sì, la mor_te, sì, la mor - - te è un ben per_ me.
17
Vni
DIV.
Vle
Vc.
Cb.

a 2
Fl.
Ob.
Cl. Do
Fg.
Re
Cor.
Sol
Trb. Re
Trbn.
Tp.
Luc.
Ah! la
ENRICO
A te s'ap - pre - sta il ta - lamo.
BLOODY AXE, BLAH
Vni
Vle
Vc.
Cb.
cresc.
p

a 2
Fl.
Ob.
Cl.
Do
Fg.
Re
Cor.
Sol
Trb.
Re
Trbn.
Tp.
Luc.
tom - ba!
Ho su_glioc - chi un vel!
Enr.
Sal_var - mi de - vi.
Ah!
Vni
Vle
Vc.
Cb.

18
I. Tempo
Fl.
Cl. Do
Fg.
Cor. Re
I.II.
Enr.
Se tra-dir-mi tu po-tra-i, la mia sor-te è già com
Vni
PIZZ.
Vle
UNITI
Vc. Cb.
PIZZ.
-pi-ta; tu m'in-vo-lio-no-ree vi-ta, tu la scu-reap-

19
Poco meno
Fl.
Cl. Do
Fg.
Re Cor. Sol
LUCIA
Ah! mi to - gli,e - ter - no Id - di - o,
Enr.
- pre - sti a - me...
Vni
Vle
Vc. Cb.
a tempo
Ob.
Luc.
que - sta vi - ta - di - spe - ra - ta... io son tan - to
Mi ve - drai om - bra i - ra - ta; quel - la scu - re

Fl.
I.
Ob.
I.
Cl.
Do
Fg.
Re
Cor.
Sol
Trb.
Re
Trbn.
Tp
Luc.
sven - tu - ra - ta, che la mor - te è un ben per me, sì, la mor - te, sì la
Enr.
san - gui - no - sa sta - rà sem - pre in - nan - zi a te, sem - pre, sem - pre, sempre,
Vni.
calando
ARCO
Vle
ARCO
Vc.
ARCO
Cb.
ARCO

Fl.
Ob.
Cl.
Do
Fg.
Re
Cor.
Sol
Trb.
Re
I.
Trbn.
Tp.
Luc.
mor - te è un ben per me, sì, la mor-te, sì, la mor - te è un ben per
Enr.
sem - pre in-nan - zi a te, sem-pre, sempre, sempre, sem - pre in - nan-zi a
Vni
Vle
Vc.
Cb.

20 Allegro
Fl.
Ob.
Cl. Do
Fg.
a 2
Re
Cor.
Sol
Trb. Re
Trbn.
a 3
Tp.
Luc.
me, la mor - te è un ben, è un ben, per me, sì, sì, la mor - -
Enr.
te, sì, sem - pre, sem - pre in - nan - zi a te, in - nan - zi a te,
20 Allegro
Vni
Vle
Vc.
Cb.

Fl.
Ob.
Cl.
Do
Fg.
Re
Cor.
Sol
Trb.
Re
Trbn.
Tp.
Luc.
- - - te, sì, la mor_te è un ben, è un ben
Enr.
a te, sì, sì, sta - rà sem - - pre in - nan - -
Vni
Vle
Vc.
Cb.

Fl.
Ob.
Cl. Do
Fg.
Re Cor. Sol
Trb. Re
Trbn.
Tp.
Luc.
per me, è un ben per
Enr.
-zi a te, in - - nan - zi a
Vni
Vle
Ve.
Cb.

Fl.
Ob.
Cl. Do
Fg.
Re Cor. Sol
Trb. Re
Trbn.
Tp.
Luc.
me, è un ben per me, è un
Enr.
te, in - - nan - zi a te, a
Vni
Vle
Vc.
Cb.

Fl.
Ob.
Cl.
Do
Fg.
Re
Cor.
Sol
Trb.
Re
Trbn.
Tp.
Luc.
ben, è un ben, è un ben per
Enr.
te, a te, a te, a
Vni
Vle
Vc.
Cb.

21
a 2
Fl.
cresc.
Ob.
Cl.
Do
cresc.
Fg.
Re
Cor.
Sol
cresc.
Trb.
Re
Trbn.
cresc.
Tp.
(Si abbandona su d'una seggiola.)
Luc.
me.
(Parte affrettatamente.)
Enr.
te.
21
Vni
cresc.
DIV.
Vle
cresc.
Vc.
cresc.
Cb.

a 2
Fl.
Ob.
Cl.
Do
Fg.
Re
Cor.
Sol
Trb.
Re
Trbn.
Tp.
Vni
Vle
Vc.
Cb.

Nº 7. SCENA ED ARIA

"Cedi, ah, cedi,,

RAIMONDO

Raim.
strade onde sul franco suolo, all'uom che amar giu_rasti, non giungesser tue nuove: io stesso un
Vni
Vle
Vc.
Cb.
Raim.
foglio da te verga_to, per se_cu_ra mano recar gli fe_ci... in_va_no!
Vni
Vle
Vc.
Cb.
LUCIA
E me con_sigli?
Raim.
Ta_ce mai sempre... Quel si_lenzio as_sai d'infedeltà ti parla! Di piegarti al de_
Vni
Vle
Vc.
Cb.

Luc.
E il giu_ra_mento?
Raim.
_sti _ no.
Tu pur va_neggi! I nuziali vo_ti che il mi _ nistro di Di_o non be_ne
Vni
Vle
Vc.
Cb.
fp
Luc.
Ah! ce_de persu_a _ sa la mente, ma sor_do al_la ra
Raim.
_di_ce, nè il ciel, nè il mondo ri _ co_nosce.
Vni
Vle
Vc.
Cb.
Luc.
_gion re_siste il co_re! Oh sven_tu _ ra_to a_mo_re!
Raim.
Vincerlo è for_za.
Vni
Vle
Vc.
Cb.
f
p

22 Cantabile
Fl.
Ob.
Cl.
Do
Fg.
Cor.
Fa
I.II.
Trb.
Do
Trbn.
Tp.
Raim.
Ah! ce-di, ce - di, o più scia - gu - - re ti so-vra-stan, ti sovra-stano, infe-
22 Cantabile
PIZZ.
Vni
Vle
Vc.
Cb.

Cl.
Do
Fg.
Cor.
Fa
Raim.
-li - ce... Per le te - nere mie cu - re per l'e_stin - ta ge - ni-
Vni
Vle
UNITI
Vc.
Cb.
Fl.
a 2
cresc.
I. II.
-tri - ce, il pe-ri-glio,il peri-glio d'un fra-tel - lo,il peri-glio d'un fra-tel-lo,deh,ti mo-va e can-gi il

Fl.
Ob.
Cl.
Do
Fg.
Cor.
Fa
I.II.
Trb.
Do
Trbn.
Tp.
Raim.
cor... O la ma_dre, o la madre nel_l'a_vel _ lo ——— fre_me_rà, fre_merà per te d'or_
ARCO
Vni
Vle
PIZZ.
Vc.
Cb.

Fl.
Ob.
Cl
Do
Fg.
I.II.
Cor.
Fa
Trb.
Do
Trbn.
Tp.
Raim.
-ror, Ah! ce-di, ce-di, il peri-glio d'un fra tel-lo ti——com-mo-va, e cangi e can-gi il
PIZZ.
ARCO
Vni
Vle
Vc
Cb.
cresc.

23 Allegro
Fl.
Ob.
LUCIA
Ta - ci... ta - ci...
Raim.
cor. No, no, ce - di...
23 Allegro
Vni
Vle
Vc.
Cb.
Fl.
Ob.
Cl. Do
Fg.
Luc.
Ah! ah! ta - ci... Ah! Ah!
Raim.
La ma - dre! il fra_tel - lo!
Vni
Vle
Vc.
Cb.

Fl.
Ob.
Cl. Do
Fg.
Cor. Fa
Trbn.
Tp
Luc.
ta - ci... Ah! vin - ce - sti... Non son tan - to
Vni
Vle
Vc.
Cb.

Fl.
Ob.
Cl. Do
Fg.
Cor. Fa
Trb. Do
Trbn.
Tp.
Luc.
I.
cresc.
cresc.
cresc.
cresc.
I. II.
cresc.
a 2
p cresc.
p cresc.
pp cresc.
sna - tu - ra - ta.
RAIMONDO
Oh! qual gio - ia in me tu de - sti.
Vni
Vle
Vc.
Cb.
cresc.
cresc.
DIV.
cresc.
cresc.

24
Fl.
Ob.
Cl.
Do
Fg.
Cor.
Fa
I.II.
Trb.
Do
Trbn.
Tp.
Raim.
Oh, qual nu - be haidis - si - pa - ta!
24
Vni
UNITE
Vle
Vc.
Cb.

Fl.
Ob.
Cl.
Do
Fg.
I.II.
Cor.
Fa
Trb.
Do
Trbn.
Tp.
Raim.
Ah!
Qual gio - - ia!
Vni
Vle
PIZZ.
p
Vc.
PIZZ.
p
Cb.
PIZZ.
p

Moderato
25
Fl.
Ob.
Cl. Do
Fg.
Cor. Fa
Trb. Do
Trbn.
Tp.
G.C.
Raim.
Al bende'tuoi qual vit - tima
Moderato
25
Vni
Vle
Vc.
Cb.
ARCO
PIZZ.

Fl.
I.
p
f
Ob.
Cl.
Do
Fg.
Cor.
Fa
I.II.
Trb.
Do
Trbn.
Tp.
G. C.
Raim.
of_fri Lucia te stes _ sa; e tanto sa_cri _ fi _ zio scritto nel ciel sa _ rà,
Vni
Vle
Vc.
ARCO
PIZZ.
Cb.
ARCO

26
Fl.
a 2
I.
Ob.
Cl.
Do
Fg.
Cor.
Fa
I.II.
Trb.
Do
Trbn.
Tp.
G.C.
Raim.
nel ciel sa - rà...
of - fri Lucia, te stes - sa, e tanto sa - cri -
Vni
Vle
DIV.
UNITE
Vc.
ARCO
PIZZ.
Cb.

Fl.
Ob.
Cl. Do
Fg.
Cor. Fa
Trb. Do
Raim.
_fi _ zio scrit_to nel ciel sa _ rà... Se la pietà de_gli uo _ mi_ni
Vni
Vle
Vc.
Cb.
a te non fia con _ ces _ sa, v'è un Di _ o, v'è un Dio, che ter _ gere il pian_to... tuo sa _
cresc.
a 2
I. II.

Fl.
Ob.
Cl. Do
Fg.
Cor. Fa
Trb. Do
Trbn.
Tp.
G. C.
Raim.
_prà...
Se la pietà de_gli uo_mi_ni a te non fia con_ces_sa, v'è un
27
Vni
Vle
Vc.
ARCO
Cb.

Fl.
Ob.
Cl.
Do
Fg.
Cor.
Fa
Trb.
Do
Trbn.
Tp.
G. C.
Tp.
Di - o, v'è un Di - o, che ter - ge - re il pian - to tuo sa - prà, il pian - - to tuo sa -
Vni
Vle
Vc.
Cb.
I.
a 2
I.II.
ARCO
ARCO

28
Più allegro
a 2
Fl.
p cresc.
Ob.
p
Cl.
Do
I.
p
cresc.
Fg.
a 2
Cor.
Fa
I. II.
Trb.
Do
Trbn.
Tp.
G. C.
LUCIA
cresc.
Gui_dami tu, tu reg_gi_mi... son fuo_ri di me
Raim.
prà, il pian _to tuo sa_prà. Sì, fi_glia,
28
Più allegro
Vni
Vle
Vc.
Cb.

a 2
Fl.
f
cresc.
Ob.
cresc.
a 2
f
cresc.
Cl.
Do
I.
f
cresc.
Fg.
cresc.
f
cresc.
Cor.
Fa
I.II.
f
cresc.
Trb.
Do
a 2
p
f
a 2
cresc.
a 2
Trbn.
f
cresc.
Tp.
f
cresc.
G. C.
mf
cresc.
Luc.
stes - sa! Lun_go crudel sup_pli - zio la vi_ta a me sa - rà...
Raim.
co - rag_gio! Qual nube hai disgom_bra - ta! Oh, figlia mia, co -
Vni
f
cresc.
f
cresc.
DIVISE
Vle
f
cresc.
Vc.
f
cresc.
Cb.
f
cresc.

29
I. Tempo
Fl.
ff
Ob.
ff
Cl.
Do
ff
Fg.
ff
I.II.
Cor.
Fa
ff
p
a 2
Trb.
Do
ff
Trbn.
ff
Tp.
ff
G. C.
ff
Luc.
sì, guidami, sì, sì.
Raim.
-rag-gio!
Al ben de'tuoi qual vit - tima of fri, Lucia, te
29
I. Tempo
Vni
ff
p
ff
p
UNITE
Vle
ff
p
PIZZ.
Vc.
ff
p
PIZZ.
Cb.
ff
p

Fl.
I.
Ob.
Cl.
Do
Fg.
Cor.
Fa
I.II.
Trb.
Do
Trbn.
Tp.
G.C.
Raim.
stes - sa, e tanto sa - cri - fi - zio scrit - to nel ciel sa - rà,
Vni
Vle
Vc.
ARCO
PIZZ.
Cb.
ARCO

a 2
30
I.
Fl.
Ob.
Cl.
Do
Fg.
I.II.
Cor.
Fa
Trb.
Do
Trbn.
Tp.
G.C.
Luc.
Nel ciel sa - rà, sì.
Raim.
nel ciel sa - rà.
Of - fri, Lucia, te stes - sa,
Vni
Vle
DIV.
UNITE
Vc.
ARCO
PIZZ.
Cb.

Fl.
Cl. Do
Fg.
Cor. Fa
Trb. Do
Luc.
Raim.
Ah!
e tanto sa_cri - fi - zio scrit_to nel ciel sa - rà. Se la pietà de -
Vni
Vle
Vc.
Cb.
ARCO
PIZZ.
Ob.
Oh Di_o! Son fuor di me. In - gra_to!
_gli uo - mi_ni a te non fia con - ces - sa v'è un Di - o, v'è un Dio che ter - gere il

Fl.
Ob.
a 2
Cl.
Do
Fg.
I.
Cor.
Fa
I. II.
Trb.
Do
Trbn.
Tp.
G.C.
Luc.
(piangendo)
Ed - gar - do in - gra - to!
Raim.
pian_to tuo sa - prà!
Se la pietà de - gli uo - mini a te non fia con -
Vni
Vle
Vc.
ARCO
PIZZ.
Cb.
ARCO
PIZZ.

Fl.
Ob.
Cl. Do
Fg.
Cor. Fa
Trb. Do
Trbn.
Tp.
G. C.
Raim.
- ces - sa, v'è un Di - o, v'è un Di - o, che ter - ge - re il pian - to tuo sa - prà, il pian - to tuo sa -
Vni
Vle
Vc
Cb.
I.
a 2
I.II.
ARCO
ff
p

31
Più allegro
Fl.
Ob.
Cl. Do
Fg.
Cor. Fa
I.II.
Trb. Do
Trbn.
Tp.
G. C.
Raim.
-prà, il pian - - to tuo sa - prà, il pian - to tuo sa - prà, il
31
Più allegro
Vni
Vle
Vc.
Cb.
ff

Fl.
Ob.
Cl. Do
Fg.
Cor. Fa
I.II.
Trb. Do
Trbn.
Tp.
G. C.
ff
LUCIA
Gui - da_mi... vince - sti!... Ah!
Raim.
pian - to tuo sa_prà, ah, sì, sa - prà, il pianto tuo
Vni
Vle
Vc.
Cb.

Fl.
Ob.
Cl. Do
Fg.
I.II.
Cor. Fa
Trb. Do
Trbn.
Tp.
G. C.
Luc.
ah! ah!
Raim.
sa - - prà!
Vni
Vle
Vc.
Cb.

Nº 8. FINALE II. - CORO E CAVATINA

"Per poco fra le tenebre,,

SCENA IV. - Sala preparata pel ricevimento di Arturo. - Nel fondo, porta praticabile.

Ott.
Fl.
a 2
I.
Ob.
I.
Cl.
Do
I.
Fg.
Sol
Cor.
Re
a 2
Trb.
Do
Trbn.
Tp.
Trg.
P.
G.C.
a 2
Vni
Vle
Vc.
Cb.

Ott.
Fl.
I.
a 2
Ob.
a 2
Cl.
Do
a 2
Fg.
a 2
Sol
Cor.
Re
Trb.
Do
a 2
Trbn.
a 3
Tp.
Trg.
P.
G.C.
a 2
Vni
Vle
Vc.
Cb.

VUOTA
32
Ott.
Fl.
a 2
Ob.
Cl.
Do
Fg.
pp
Sol
Cor.
Re
Trb.
Do
a 2
Trbn.
Tp.
Trg.
P.
G.C.
a 2
VUOTA
32
Vni
Vle
Vc.
Cb.

Ott.
Fl.
a 2
Ob.
Cl.
Do
Fg.
Sol
Cor.
Re
Trb.
Do
Trbn.
Tp.
Trg.
CORO
Sopr.
Per te d'immen - so giu - bi - lo tut - to s'avvi - va in - tor - no,
Ten.
Per te d'immen - so giu - bi - lo tut - to s'avvi - va in - tor - no,
Bassi
Per te d'immen - so giu - bi - lo tut - to s'avvi - va in - tor - no,
FOR YOU ALL
AROUND
WE JOIN IN RAISING JUBILATION
Vni
Vle
Vc.
Cb.

Ott.
Fl.
a 2
Ob.
Fg.
Sol
Cor.
Re
Trb.
Do
Trbn.
Tp.
Trg.
per te veggiam ri - na - sce - re del - la speran - za il gior - no;
per te veggiam ri - na - sce - re del - la speran - za il gior - no;
per te veggiam ri - na - sce - re del - la speran - za il gior - no;
BECAUSE OF YOU WE SEE
REBORN THE DAY OF HOPE
Vni
Vle
Vc.
Cb.

Ott.
Fl.
Ob.
Cl. Do
Fg.
Sol Cor. Re
Trb. Do
Trbn.
Tp.
Trg.
P. G.C.
qui l'a_mistà ti gui _ da, qui ti condu_ce a_mo _ re,
qui l'a_mistà ti gui _ da, qui ti condu_ce a_mo _ re,
qui l'a_mistà ti gui _ da, qui ti condu_ce a_mo _ re,
Vni
Vle
Vc.
Cb.

Ott.
Fl.
Ob.
Cl. Do
Fg.
Sol
Cor.
Re
Trb. Do
Trbn.
Tp.
Trg.
P. G.C.
tut - to s'avvi - va in - tor - no, qui ti condu - ce a - mor, qual
tut - to s'avvi - va in - tor - no, qui ti condu - ce a - mor, qual
tut - to s'avvi - va in - tor - no, qui ti condu - ce a - mor, qual
NEW LIFE IS ALL AROUND YOU
HERE LOVE LEADS YOU
LIKE
Vni
Vle
Vc.
Cb.

Ott.
Fl.
a 2
Ob.
Cl.
Do
a 2
Fg.
Sol
Cor.
Re
a 2
Trb.
Do
Trbn.
Tp.
Trg.
P.
G.C.
a 2
a - stro in not - te in - fi - da, qual ri - so nel do - lor,
a - stro in not - te in - fi - da, qual ri - so nel do - lor,
a - stro in not - te in - fi - da, qual ri - so nel do - lor,
A STAR ON A TREACHEROUS NIGHT
LIKE LAUGHTER IN SORROW
Vni
Vle
Vc.
Cb.

Ott.
Fl.
a 2
Ob.
Cl.
Do
Fg.
Sol
Cor.
Re
Trb.
Do
Trbn.
Tp.
Trg.
P.
G.C.
qual a_stro in not _ te in - fi - da, qual ri - so nel do _ lor.
qual a_stro in not _ te in - fi - da, qual ri - so nel do _ lor.
qual a_stro in not _ te in - fi - da, qual ri - so nel do _ lor.
Vni
Vle
Vc.
Cb.

33 Meno mosso
Cl. Do
Fg.
Cor. Re
ARTURO
Per po - co fra le te - ne bre spa rì la vo - stra
YOU FORTUNE'S STAR HAS SUFFERED A BRIEF ECLIPSE
33 Meno mosso
PIZZ.
Vni
Vle
Vc.
Cb.
Fl.
Cl. Do
Fg.
Cor. Re
Art.
stel - la: io la farò ri - sor - gere più ful - gida, più
I SHALL SEE IT RISE AGAIN BRIGHTER AND MORE
Vni
Vle
Vc.
Cb.

Fl.
Cl. Do
Fg.
Cor. Re
III. IV.
Art.
bel - la. La man mi porgi En_ri - co, ti strin - gi a questo
SPLENDID GIVE ME YOUR HAND ENRICO AND ACCEPT MY CORDIAL
Vni
Vle
Vc.
Cb.
Fl.
Ob.
Cl. Do
Fg.
Sol Cor. Re
a 2
III.
Trb. Do
Trbn.
Art.
cor, a te ne ven - go a_mi - co, fra_tel - lo e di_fen_
GREETING I COME TO YOU AS A FRIEND BROTHER & PROTECTOR
ARCO
Vni
Vle
Vc.
Cb.

34 I. Tempo
Ott.
Fl.
Ob.
Cl. Do
Fg.
Sol
Cor.
Re
Trb. Do
Trbn.
Trg.
Art.
Sopr.
Ten.
Bassi
CORO
sor.
Ah!
Per te d'immen - so giu - bi - lo tut - to s'avvi - va in -
FOR YOU WE JOIN IN JUBILATION
34 I. Tempo
Vni
Vle
Vc.
Cb.
ARCO

Ott.
Fl.
a 2
Ob.
Cl.
Do
a 2
Fg.
Sol
Cor.
Re
Trb.
Do
a 2
p
Trbn.
Tp.
p
Trg.
-tor - no, per te veggiam ri - na - sce - re del - la speran - za il
-tor - no, per te veggiam ri - na - sce - re del - la speran - za il
-tor - no, per te veggiam ri - na - sce - re del - la speran - za il
Vni
Vle
Vc.
Cb.

Ott.
Fl.
a 2
Ob.
Cl.
Do
Fg.
Sol
Cor.
Re
a 2
Trb.
Do
I.
Trbn.
Tp.
Trg.
P.
G.C.
a 2
gior - no, qui l'a-mistà ti gui - da, qui ti condu-ce a-
gior - no, qui l'a-mistà ti gui - da, qui ti condu-ce a-
gior - no, qui l'a-mistà ti gui - da, qui ti condu-ce a-
Vni
Vle
Vc.
Cb.

Ott.
Fl.
a 2
Ob.
Cl.
Do
Fg.
Sol
Cor.
Re
Trb.
Do
I.
Trbn.
Tp.
Trg.
P.
G.C.
mo - re, tut - to s'avvi - va in - tor - no, qui ti condu - ce a -
Vni
Vle
Vc.
Cb.

Ott.
Fl.
Ob.
Cl. Do
Fg.
Sol Cor. Re
Trb. Do
Trbn.
Tp.
Trg.
P. G.C.
a 2
I.
ARTURO
A te ne ven-go a - mi - co, fra-tel - lo e di-fen -
-mor, qual a - stro in not-te in - fi - da, qual ri - so nel do -
-mor, qual a - stro in not-te in - fi - da, qual ri - so nel do -
-mor, qual a - stro in not - te in - fi - da, qual ri - so nel do -
Vni
Vle
Vc.
Cb.

Ott.
a 2
Fl.
Ob.
I.
Cl. Do
a 2
I.
Fg.
II.
Sol Cor. Re
I.
a 2
Trb. Do
I.
a 2
Trbn.
Tp.
Trg.
P. G.C.
a 2
Art.
-so - re, a te ne ven-go a-mi - co, fra-tel - lo e di-fen -
-lor, qual astro in not - te in - fi - da, qual ri - so nel do-
-lor, qual astro in not - te in - fi - da, qual ri - so nel do-
-lor, qual astro in not - te in - fi - da, qual ri - so nel do-
Vni
Vle
Vc.
Cb.

35 Più allegro
Ott.
Fl.
Ob.
I.
Cl. Do
Fg.
Sol Cor. Re
a 2
Trb. Do
Trbn.
Tp.
Trg.
P. G.C.
Art.
-sor, fra - tel - lo e di - fen - sor, fra - tel - lo e di - -
-lor... e di - -
-lor... e di - fen - sor, fra - tel - lo e di - -
-lor... e di - fen - sor, fra - tel - lo e di - -
35 Più allegro
Vni
Vle
Vc.
Cb.
ff

Ott.
Fl.
Ob.
Cl.
Do
I.
Fg.
Sol
Cor.
Re
Trb.
Do
a 2
Trbn.
a 3
Tp.
Trg.
P.
G.C.
a 2
Art.
-fen - - sor, di - fen - sor, di - fen - sor, fra - tel - lo e
-fen - - sor, di - fen - sor, di - fen - sor, e
-fen - - sor, di - fen - sor, di - fen - sor, fra - tel - lo e
-fen - - sor, di - fen - sor, di - fen - sor, fra - tel - lo e
Vni
Vle
Vc.
Cb.

Ott.
Fl.
Ob.
Cl. Do
Fg.
Sol
Cor.
Re
Trb. Do
Trbn.
Tp.
Trg.
P. G.C.
a 2
Art.
Vni
Vle
Vc.
Cb.
ff
di - - fen - - sor, a te ne ven - go di - fen -
di - - fen - - sor, e di - fen - sor, e di - fen -
di - - fen - - sor, e di - fen - sor, e di - fen -
di - - fen - - sor, e di - fen - sor, e di - fen -

Ott.
Fl.
I.
Ob.
a 2
I.
p
Cl.
Do
I.
Fg.
p
Sol
Cor.
Re
p
Trb.
Do
Trbn.
Tp.
Trg.
P.
G.C.
a 2
Art.
-sor.
-sor.
-sor.
-sor.
Vni
Vle
Vc.
Cb.

Ott.
Fl.
Ob.
Cl.
Do
Fg.
Sol
Cor.
Re
Trb.
Do
Trbn.
Tp.
Trg.
P.
G.C.
Vni
Vle
Vc.
Cb.
ff
a 2
a 3

Nº 9. SCENA E QUARTETTO NEL FINALE II.

"Chi raffrena il mio furore,"

LUCIA, EDOARDO, ENRICO, RAIMONDO

36 Moderato
Fl.
Ob.
Cl. Do
Fg.
Enr.
(in disparte ad Arturo)
Se in lei so-ver-chia è la me-
36 Moderato
Vni
Vle
Vc.
Cb.
Fl.
Ob.
Cl. Do
Fg.
La Cor. Re
Tp.
LA-MI
Enr.
-sti-zia, me-ravi-gliar-ti no, no, non dê-i. Dal duo-lo oppres-sa e
Vni
Vle
Vc.
PIZZ.
Cb.

Fl.
Ob.
Cl. Do
Fg.
La
Cor.
Re
Tp.
ARTURO
M'è
Enr.
cresc.
vin - ta pian - ge la ma - dre e - stin - ta...
Vni
Vle
ARCO
Vc.
Cb.

Ott.
Fl.
Ob.
Cl. Do
Fg.
La Cor. Re
Trb. La
Trbn.
Tp.
Art.
no - to, sì, sì, m'è noto.
Enr.
So-verchia è la me-sti - zia, ma pian-ge la
Vni
Vle
Vc.
Cb.

37
Ott.
Fl.
Ob.
Cl. Do
Fg.
La
Cor.
Re
a 2
Trb. La
Trbn.
Tp.
Art.
Or solvi un dub - bio;
fa - ma,
Enr.
ma - dre.
37
Vni
Vle
Vc.
Cb.

Fl.
Ob.
Cl. Do
Fg.
Art.
fa - ma suonò ch'Edgar - do sovr'es - sa, sovr'es - sa te - me,
Vni
Vle
Vc.
Cb.
Fl.
Ob.
Cl. Do
Fg.
La Cor. Re
Tp.
Art.
-ra - rio al - za - re osò lo sguar - do... te - mera -
Vni
Vle
PIZZ.
ARCO
Vc.
Cb.

Fl.
Ob.
Cl. Do
Fg.
La
Cor.
Re
Art
-rio...
ENRICO
È ve - ro, è ve - ro quel folle ar - di - a ma...
Vni
Vle
Vc.
Cb.

Ott.
Fl.
Ob.
Cl. Do
Fg.
La Cor. Re
Trb. La
Trbn.
Tp.
Art.
Ah!
Enr.
(ad Arturo)
Piange la madre e.
Sopr.
S'a-van-za qui Lu-ci - a, s'a-van - za.
Ten.
S'a-van-za qui Lu-ci - a, s'a-van - za.
Bassi
S'a-van-za qui Lu-ci - a, s'a-van - za.
CORO
Vni
Vle
Vc.
Cb.

SCENA V.

38 Andante
Ob.
Fg.
I.
fp
p
(Esce Lucia sostenuta da Raimondo ed Alisa: essa è nel massimo abbattimento.)
(presentando Arturo a Lucia)
Enr.
-stin-ta...
Ecco il tuo sposo
38 Andante
Vni
Vle
Vc.
Cb.
PIZZ.
LUCIA (Fa un movimento per retrocedere.)
Gran
(sommessamente a Lucia)
(In - cauta!... per-der mi vuo-i?)

Ob.
Fg.
Cor. Mi♭
I.
I.II. in MI♭
p
Lucia
Di - o!
ARTURO
Ti piac - cia i vo - ti ac - co - gliere del
Vni
Vle
Vc.
Cb.
Ob.
Cl. Si♭
in SI♭
Fg.
Cor. Mi♭
I.II.
Art.
te - ne - ro a - mor mi - o...
(accostandosi al tavolino ov'è il contratto e troncando le parole ad Arturo)
ENRICO
(Incau - ta!) O - mai si com - pia il
Vni
Vle
Vc.
Cb.

Fl.
I.
p
Ob.
I.
Cl. Si♭
Fg.
Cor. Mi♭
I.II.
LUCIA
(tremante, viene condotta da Raimondo ed Alisa verso il tavolino)
(Gran Di_o!)
(Io va_do al
(si accosta al tavolino e firma il contratto)
Art.
Oh dol - ce in - vi_to!
Enr.
ri - to. T'appres_sa.
RAIMONDO
Reg - gi, buon
Vni
Vle
Vc.
Cb.

Fl.
Ob.
Cl. Sib
Fg.
Cor. Mib
calando
Lucia
(Segna l'atto.)
sa - cri_fi - zio!... me mi - sera!)
(piano a Lucia, scagliandole tremende occhiate)
Enr.
Non e_si_tar. Scri_vi, scri_vi.
Raim
Dio, l'af_flit - ta.
Vni
Vle
Vc.
Cb.
39 Allegro mosso
Fg
Lucia
(La mia condan_na ho scritta!) Io ge - lo ed ar - do...
Enr.
Re - spi_ro!
39 Allegro mosso
Vle
Vc.

Allegro
Ott.
Fl.
Ob.
Cl. Si♭
Fg.
I.
a 2
Mi♭ Cor. Re♭
in RE♭
Trb. Si♭
in SI♭
Trbn.
LA♭-DO
Tp.
P. G. C.
(S'appoggia a Raimondo.)
Lucia
Io man - co...)
ALISA
Qual fra - gor!... Chi giunge?...
EDGARDO
(con voce terribile, ravvolto in gran mantello)
Ed -
ARTURO
Qual fra - gor!... Chi giunge?...
Enr
Qual fra - gor!... Chi giunge?...
RAIMONDO
Qual fra - gor!... Chi giunge?...
Sopr.
Qual fra - gor!... Chi giunge?...
Ten.
Qual fra - gor!... Chi giunge?...
Bassi
Qual fra - gor!... Chi giunge?...
CORO
Allegro
Vni
Vle
Vc.
Cb.
ARCO
f
ff
p

Ott.
Fl.
Ob.
Cl. Si♭
Fg.
Mi♭ Cor. Re♭
Trb. Si♭
Trbn.
Tp.
P. G.C.
Lucia
(cade tramortita)
Ed-gar-do! oh ful-mi-ne!
Alisa
Ed-gar-do! Oh, ter-ror! Ed-gardo!
Edg
-gar-do!...
Art
Ed-gar-do! Oh, ter-ror!
Enr.
Ed-gar-do! Oh, ter-ror!
Raim.
Ed-gar-do! Oh, ter-ror!
Ah! Ed-gar-do! Oh, ter-ror! Ed-gardo!
Ah! Ed-gar-do! Oh, ter-ror!
Ah! Ed-gar-do! Oh, ter-ror!
Vni
Vle
Vc.
Cb.

Fl.
Ob.
Cl. Si♭
Fg.
Mi♭ Cor. Re♭
Trb. Si♭
Trbn.
Tp.
(Lo scompiglio è universale. Alisa, col soccorso di alcune Dame, solleva Lucia e l'adagia sopra una seggiola.)
Raim.
Oh, ter - ror!
Ten.
Oh, ter - ror!
Bassi
Oh, ter - ror!
Vni
Vle
Vc.
Cb.
pp
a 2
I.
p

40 Larghetto
Cl. Sib♭
EDGARDO
(da sè)
Chi mi fre - na in tal mo_men - to?... chi tron
ENRICO
(da sè)
Chi raf_fre - na il mio fu_ro - re, e la
40 Larghetto
PIZZ.
Vni
Vle
Vc.
Cb.
Cl. Sib♭
I.
Fg.
Edg.
_cò del l'i_re il cor - so? il suo duo - lo, il suo spa_ven - to son la
Enr.
man che al bran_do cor - se? Del_la mi - sera in fa_vo - re nel mio
Vni
Vle
Vc.
Cb.

Cl. Si♭
Fg.
Mi♭ Cor. Re♭
Edg.
pro - va, son la prova d'un ri_mor - so! Ma, qual ro - sa i_na_ri - di - ta, el_la
Enr.
pet - to un gri_do sor - se! È mio san - gue, l'ho tra - di - ta! El_la
Vni
Vle
Vc.
Cb.
ARCO
PIZZ.
Fl.
Cl. Si♭
Fg.
Mi♭ Cor. Re♭
Edg.
sta fra mor_te e vi - ta!... Io son vin - to, son com_mos - so! t'amo, in_
Enr.
sta fra mor_te e vi - ta!... Ah, che spe - gne_re non pos - so
Vni
Vle
Vc.
Cb.

41 a tempo
I. affrett.
Fl.
pp
Cl. Si♭
I.
Fg.
I.
Cor. Re♭
III. IV.
LUCIA
(riavendosi, ad Alisa)
Io spe_rai che a me la vi - ta tron_ca a_
Edg.
_gra_ta t'a _ mo, t'a_mo in_grata, t'a _ mo an_cor!
Enr.
i ri_mor_si del mio co_re, del mio cor!
È mio san_gue!
RAIMONDO
(da se)
Qual ter_ri - bi_le mo_men - to! più for_
affrett.
41 a tempo
Vni
Vle
Vc.
(PIZZ.)
Cb.
(PIZZ.)

Fl.
Cl. Si♭
Fg.
Cor. Re♭
Lucia
-ves - se il mio spa-ven - to, ma la mor - te non m'a-i - ta, vivo an-
Edg.
Chi mi fre - na in tal momen - to?
Enr.
l'ho tra - di - ta! Io l'ho tra-di - ta
Raim.
-mar non so pa-ro - le!...den-sa nu - bé di spa-ven - to par che
Vni
Vle
Vc.
Cb.

Fl.
Cl. Si♭
Fg.
Mi♭ Cor. Re♭
Lucia
-cor per mio tor - men - to! Da' miei lu - mi cad-de il ve - lo, mi tra-
Edg.
ma chi? chi? Co - me ro - sa i-na-ri-
Enr.
ah! sì, sì, el-la sta fra mor - te e
Raim.
co - prai rai del so - le! co-me ro - sa i-na-ri - di - ta el-la
Vni
ARCO PIZZ.
Vle
ARCO PIZZ.
Vc.
ARCO PIZZ.
Cb.
ARCO PIZZ.

Fl.
Ob.
Cl. Si♭
Fg.
Mi♭ Cor. Re♭
Trb. Si♭
Trbn.
Lucia
-dì la ter-ra e il cie - lo vor - rei pian - ge-re, e non pos - so, m'ab-ban-
Edg.
-di - ta el - la sta fra morte e vi-ta! in-gra - ta,
Enr.
vi - ta, fra mor-te e vi - ta! spe-gnere non
Raim.
sta fra mor-te e vi - ta... chi per lei non è commos - so
Vni
ARCO PIZZ.
Vle
ARCO PIZZ.
Vc.
ARCO PIZZ.
Cb.
ARCO PIZZ.

42
Fl.
Ob.
Cl. Si♭
Fg.
Mi♭ Cor. Re♭
Trbn.
Lucia
Alisa
Edg.
Arturo
Enr.
Raim.
Coro
Sopr.
Ten.
Bassi
Vni
Vle
Vc.
Cb.
I.
a 2
p leggero
DIV. ARCO
ARCO
(PIZZ.)
do - na, m'ab - ban - dona il pian - to an - cor, vor - rei
Co - me ro - sa i - na - ri - di - ta
t'a - mo an - cor, sì, t'a - mo an - cor.
Qual ter - ri - bi - le momen - to,
pos - so i ri - mor - si. Ah, è mio san - gue, l'ho tra -
ha di tigre in pet - to il cor.
Co - me
Co - me ro - sa i -
Co - me ro - sa i -

Fl.
I.
Cl. Sib
I.
p
p
Fg.
Mib Cor. Reb
I.
Lucia
cresc.
pian_ge_re, ah, vor_rei pian - gere e non
Alisa
el - la sta fra morte e vi - ta... chi per
Edg.
Ah! son vin - to, son com_
Art.
più for - mar non so paro_le, den_so ve_lo di spa_ven - to, par che
Enr.
cresc.
_di - ta! El_la sta fra mor_te e vi - ta... ah, che
Raim.
Chi per lei non è com_mos - so ha di
ro - sa i_na - ri - di - ta el - la
_na - ri - di - ta el - la sta fra
_na - ri - di - ta el - la sta fra
Vni
Vle
Vc.
Cb.

affrett.
a 2
Fl.
Ob.
I.
Cl. Si♭
Fg.
Mi♭ Cor. Re♭
III.
Trb. Si♭
a 2
a 3
Trbn.
LA♭-RE♭
Tp.
P. G.C.
a 2
Lucia
pos - - - - so, m'ab - ban - do - na il pianto an -
Alisa
lei non è com - mos - so ha di ti - gre in pet - to il cor.
Edg.
- mos - so, t'a - mo, in - gra - ta, t'a - mo an -
Art.
co - pra i rai del so - le.
Enr.
spe - gne - re non pos - so i ri - mor - si del mio
Raim.
ti - gre in pet - to il cor, il
sta fra mor - te e vi - ta.
mor - te e vi - ta.
mor - te e vi - ta.
affrett.
UNITI
calando
Vni
Vle
Vc.
Cb.

43
Fl.
Ob.
Cl. Si♭
Fg.
Mi♭ Cor. Re♭
Lucia
-cor! vor-rei pian-ge-re,
Alisa
Co - me ro-sa ina-ri-di-ta el - la sta fra mor-te e
Edg.
-cor!
Art.
Co - me ro - sa in - ri - di - ta el - la sta fra mor-te e
Enr.
-cor, ah! è mio san - gue, l'ho tra - di - ta, el - la sta fra mor-te e
Raim.
-cor, chi per lei non è com-
Chi per le - i non è com-
Chi per lei non è com - mos - so
Chi per lei non è com - mos - so
43
DIV.
leggero
Vni
Vle
Vc.
Cb.

affrett.
Fl.
Ob.
Cl. Si ♭
Fg.
Mi ♭
Cor.
Re ♭
Trb. Si ♭
Trbn.
Tp.
P. G.C.
Lucia
ah! vor-rei pian - ge-re e non pos - - - - -
Alisa
vi - ta... chi per lei non è com - mos - so
Edg.
ah son vin - to, son com-mos - so t'a - mo, in -
Art.
vi - ta, chi per lei non è com-mos - so ha di ti - gre in
Enr.
vi - ta... ah! di spe-gne-re non pos - so i ri -
Raim.
mos - so ha di ti - gre in pet - to il
mos - so ha di ti-gre in pet - to il co - re,
ha di ti - gre in pet - to il co - re,
ha di ti - gre in pet - to il co - re,
affrett.
Vni
Vle
Vc.
Cb.

a2
Fl.
Ob.
Cl. Si♭
Fg.
Mi♭ Cor. Re♭
Trb. Si♭
Trbn.
Tp.
P. G.C.
fp calando
calando
Lucia
Alisa
Edg.
Art.
Enr.
Raim.
Vni
Vle
Vc.
Cb.
I.
III.
so, m'ab-ban-do-na il pianto an-cor, il pian-to an-
ha di ti-gre in pet-to il cor, ah! il
gra-ta, t'a-mo an-cor, t'a-mo an-cor,
pet-to il cor, ha di ti-gre in pet-to il cor,
mor-si del mio cor, non pos-so
cor, il cor, sì, di ti-
in pet-to il cor, in pet-to il
in pet-to il cor, in pet-to il
in pet-to il cor, in pet-to il

Fl.
Ob.
Cl. Si ♭
Fg.
Mi ♭ Cor. Re ♭
Trb. Si ♭
Trbn.
Tp.
P. G.C.
Lucia
Alisa
Edg.
Art.
Enr.
Raim.
Vni
Vle
Vc.
Cb.
I.
III.
a 2
arco
ff
-cor, il pian - to an - cor.
cor, in petto il cor, il cor.
sì, sì, t'amo an-cor, in-gra-ta, t'amo ancor, sì, an - cor.
ha di ti-gre in pet to in cor, il cor.
i rimor - si del cor, ah, spegner non li pos - so, ahi - me!
-gre, sì, il cor, il cor.
cor, il cor, il cor.

Nº 10. SEGUITO E STRETTA DEL FINALE II.

"T'allontana, sciagurato,,

col canto
Fg.
Edg.
mi - o al - tro san - gue scor - re - rà.
RAIMONDO (frapponendosi ed in tono autorevole)
rall.
Ri - spet - ta - te in me di Di - o la tre - men - da ma - e -
col canto
Vni
Vle
Vc.
Cb.
a tempo
Fl.
Ob.
Cl. Do
Fg.
Re Cor. La
Trb. La
Trbn.
FA♯-SI
Tp.
Raim.
- stà. In suo no - me vel co - man - do, de - po -
a tempo
Vni
DIV.
Vle
Vc.
Cb.

45
Fl.
Ob.
I.
fp
f
Cl.
Do
Fg.
Re
Cor.
La
Trb.
La
Trbn.
Tp.
p
Raim.
-ne - te l'i - ra e il bran - do. Pa - ce, pa - ce...
45
Vni
UNITE
Vle
Vc.
Cb.

Fl.
Ob.
Cl. Do
Fg.
Re
Cor.
La
Trb. La
Trbn.
Raim.
e - gli ab - bor - ri - sce l'o - - mi -
Vni
Vle
Vc.
Cb.
I.
fp
f

Fl.
Ob.
I.
Cl.
Do
Fg.
f
fp
p
Re
Cor.
La
Trb.
La
Trbn.
Raim.
-ci - da, e scrit - to sta: Chi di
Vni
Vle
Vc.
Cb.

Fg.
I.II.
a2
Cor.
Re
Trbn.
Raim.
fer - ro altrui fe - ri - sce, pur di fer - ro
Vni
Vle
Vc.
Cb.
Fl.
Ob.
Cl.
Do
Fg.
a 2
Re
Cor.
La
Trb.
La
Trbn.
Tp.
Raim.
pe - ri - rà. Pa - ce, pa - ce.
Vni
Vle
Vc.
Cb.

46
I. Tempo (Moderato)
Fl.
Ob.
Cl. Do
Fg.
ENRICO
(avanzandosi verso Edgardo)
Scon_si_glia _ to! inque _ ste por _ te chi ti
46
I. Tempo (Moderato)
Vni
Vle
Vc.
Cb.
Fl.
Ob.
Cl. Do
Fg.
La Cor. Re
III.
Tp.
LA-RE
EDGARDO
(altero)
La mia sor _ te, il mio dritto. Sì; Lu _
Enr.
gui _ da? Scia_gura_to!...
Vni
Vle
Vc.
PIZZ.
Cb.

Fl.
I.
p
Ob.
I.
p
Cl. Do
I.
Fg.
La
Cor.
Re
III.
Tp.
Edg.
-ci - a la sua fe - deame giu-rò.
RAIMONDO
(frapponendosi)
Ah que - sto amor fune - sto o-
Vni
p
p
Vle
p
ARCO
Vc.
p
Cb.
p

47
Poco più
Fl.
Ob.
Cl. Do
Fg.
La
Cor.
Re
Tp.
Edg.
D'altri!... no.
(Gli presenta il contratto nuziale.)
Raim.
_bli _ a: ella è d'al_tri...
Mi_ra.
47
Poco più
Vni
Vle
Vc.
Cb.
PIZZ.

Ott.
Fl.
Ob.
Cl. Do
Fg.
Re
Cor.
La
Trb. La
Trbn.
Tp.
(dopo averlo letto, e figgendo gli occhi in Lucia)
Edg.
Tre_mi... ti confondi... Son tue ci -
Vni
Vle
Vc.
Cb.
PIZZ.
ARCO
a 2

Ott.
Fl.
Ob.
Cl. Do
Fg.
a 2
Re
Cor.
La
Trb. La
Trb.
LA-MI
Tp.
f
(mostrandole la firma di lei)
Edg.
-fre? A me rispon - di:
son tue ci-fre? Rispondi.
Vni
5
Vle
Vc.
Cb.

48 Allegro vivace
Ott
Fl.
Ob.
Cl. Do
Fg.
Re
Cor.
La
Trb. La
Trbn.
Tp.
a 2
I.
f cresc.
p cresc.
fp cresc.
LUCIA (con voce simile ad un gemito)
Sì... Ah! Almen...
Edg.
(Soffocando la sua collera, le rende l'anello.)
Riprendi il tuo pe_gno, in_fi - do cor. Il mio dammi. Lo
(glielo strappa dal collo)
48 Allegro vivace
Vni
Vle
Vc.
Cb.

col canto
Ott.
ff
Fl.
I.
Ob.
a 2
Cl.
Do
Fg.
Re
Cor.
La
Trb.
La
Trbn.
Tp.
(Nel massimo smarrimento intende appena ciò che fa: quindi si toglie dal dito l'anello, di cui Edgardo s'impadronisce al momento.)
Lucia
Ed - gar - do! Ed - gar - do!
a piacere
(Getta l'anello e lo calpesta.)
Edg.
ren - di. Hai tra - dito il cie - lo e a - mor.
col canto
Vni
Vle
Vc.
Cb.

49 Più mosso
Ott.
Fl.
Ob.
I.
Cl. Do
Fg.
I.
Re
Cor.
La
Trbn.
Tp.
LA-RE
Edg.
Ma - le - det - to, male - det - to sia l'i - stan - te che di
49 Più mosso
Vni
Vle
Vc.
PIZZ.
ARCO PIZZ.
Cb.
PIZZ.
ARCO PIZZ.

Fl.
Ob.
Cl. Do
Fg.
Cor. Re
Tp.
Edg.
Vni
Vle
Vc.
Cb.
I.
I. II. a 2
p
te, sì che di te mi re - se aman - tè; stir-pe i-ni - qua, abbomi - na - ta, io do-
-ve - a da te fug - gir, ab - bo - mi - na - ta, ma - le - det - ta, io do - vea da te fug-
ARCO PIZZ.
f
p

Ott.
Fl.
a 2
Ob.
Cl.
Do
I.
Fg.
p
Re
Cor.
La
III.
I.
Trb.
Re
a 2
pp
Trbn.
LUCIA
Ah!
Edg.
cresc.
-gir... Ah! ma di Dio la ma_no i _ ra _ ta vi di_sper_da...
ENRICO
f
In _ sa _ no ar _
RAIMONDO
Ten.
CORO
Bassi
Vni
Vle
Vc.
ARCO
Cb.

Ott.
Fl.
Ob.
I.
cresc.
Cl. Do
p cresc.
Fg.
p cresc.
Re Cor. La
a 2
p cresc.
Trb. Re
p
cresc.
Trbn.
p
cresc.
Tp.
p cresc.
Enr.
-dir! E - sci. E - sci.
Raim.
-dir! Pa - ce.
Sopr.
p cresc.
In - sa - no ar - dir! in - sa - no ar - dir!
Ten.
p cresc.
-dir! In - sa - no ar - dir! in - sa - no ar - dir!
Bassi
p cresc.
-dir! In - sa - no ar - dir! in - sa - no ar - dir!
Vni
p cresc.
p cresc.
Vle
p cresc.
Vc.
pp cresc.
Cb.
pp cresc.
ff
6/8

50 Vivace
Ott.
Fl.
Ob.
Cl. Do
a 2
Fg.
Re Cor. La
Trb. Re
Trbn.
Tp.
(tutti ad Edgardo)
ARTURO tutta forza
E - sci, fug - gi,il fu - ror che m'accen - de so - lo un
Enr.
tutta forza
E - sci, fug - gi,il fu - ror che m'accen - de so - lo un
Raim.
tutta forza
In - fe - li - ce, t'in - vo - la, t'af - fret - ta... i tuo i
tutta forza
E - sci, fug - gi,il fu - ror che n'ac - cen - de so - lo un
tutta forza
E - sci, fug - gi,il fu - ror che n'ac - cen - de so - lo un
50 Vivace
Vni
Vle
Vc.
Cb.
PIZZ.
ARCO

Ob.
Cl. Do
a 2
cresc.
Fg.
Re Cor. La
Trb. Re
I.
p cresc.
Trbn.
Art.
pun - to i suoi col - pi so-spen - de... ma fra po - co più a-tro - ce più
Enr.
pun - to i suoi col - pi so-spen - de... ma fra po - co più a-tro - ce più
Raim.
gior - ni, il suo sta - to ri-spet - ta... vi - vi e for - se il tuo duo - lo fia
pun - to i suoi col - pi so-spen - de... ma fra po - co più a-tro - ce più
pun - to i suoi col - pi so-spen - de... ma fra po - co più a-tro - ce più
Vni
Vle
Vc.
PIZZ.
Cb.

Ott.
Fl.
Ob.
Cl. Do
Fg.
Re Cor. La
Trb. Re
Trbn.
Tp.
P. G.C.
Art.
fie - ro sul tu-o ca - po abbor-ri - to ca-drà, ma fra
Enr.
fie - ro sul tu-o ca - po abbor-ri - to ca-drà, ma fra
Raim.
spen - to: tut - to è lie - ve all'e - ter - na pie-tà, vi - vi e
fie - ro sul tu-o ca - po abbor-ri - to ca-drà, ma fra
fie - ro sul tu-o ca - po abbor-ri - to ca-drà, ma fra
Vni
Vle
Vc.
Cb.
ARCO PIZZ.
ARCO
PIZZ.
ARCO
ARCO

Ott.
a 2
Fl.
cresc.
Ob.
a 2
Cl. Do
cresc.
Fg.
Re
Cor.
La
cresc.
a 2
cresc.
Trb. Re
a 2
Trbn.
I.
Tp.
P. G. C.
Art.
po - co più a - tro - ce, più fie - ro sul tu - o ca - po abbor - ri - to ca-
Enr.
po - co più a - tro - ce, più fie - ro sul tu - o ca - po abbor - ri - to ca-
Raim.
for - se il tùo duo - lo fia spen - to, tut - to è lie - ve all'e - ter - na pie-
po - co più a - tro - ce, più fie - ro sul tu - o ca - po abbor - ri - tc ca-
po - co più a - tro - ce, più fie - ro sul tu - o ca - po abbor - ri - to ca-
Vni
cresc.
cresc.
Vle
cresc.
Vc.
cresc.
Cb.
cresc.
ARCO

51
Ott.
a 2
Fl.
Ob.
Cl.
Do
Fg.
Re
Cor.
La
Trb.
Re
Trbn.
LUCIA
(cadendo in ginocchio)
Dio, lo sal-va, in sì fie-ro mo-men-to, d'u-na mi-se-ra a-
EDGARDO
(gettando la spada ed offrendo il petto a' suoi nemici)
Tru-ci-da-temi, e pro-nubo al ri-to sia lo scem-pio d'un
Art.
-drà.
Enr.
-drà.
Raim.
-tà.
In-fe-li-
-drà.
-drà.
51
Vni
DIV.
Vle
PIZZ.
Vc.
PIZZ.
Cb.

a 2
Fl.
Cl.
Do
Fg.
Re
Cor.
La
Trb.
Re
Trbn.
Tp.
Luc.
-scol - ta il la-men - to. È la pre - ce d'im-men - so do-lo - re che più in
Edg.
co - re tra-di - to. Del mio san - gue co-per - ta la so - glia dol - ce
Art.
E - sci.
Enr.
E - sci.
(a Edgardo)
Raim.
- - - ce! Deh, ti
E - sci.
E - sci.
Vni
Vle
Vc.
Cb.
p

a 2
Fl.
Ob.
p
Cl.
Do
a 2
Fg.
Re
Cor.
La
Trb.
Re
I.
Trbn.
p
Luc.
ter - ra spe - ran - za non ha... è l'e - stre - ma do - man - da del co - re
ALISA
(a Edgardo)
In - fe - li - ce!
Edg.
vi - sta per l'em - pia sa - rà! cal - pe - stan - do l'e - san - gue mi - a spo - glia
Art.
Va.
Enr.
Va. T'in - vo - la,
Raim.
sal - va. Vi - vi... for - se il tuo duo - lo,
Va.
Va.
Vni
p
Vle
Vc.
Cb.

Ott.
Fl.
a 2
Ob.
Cl. Do
Fg.
Re
Cor.
La
Trb. Re
I.
Trbn.
Luc.
che sul lab-bro spi-ran-do mi sta, è l'e-stre-ma do-man-da del
Ali.
t'in-vo-la, t'af-fret-ta!
Edg.
al-l'al-ta-re più lie-ta ne an-drà, cal-pe-stan-do l'e-san-gue mia
Art.
Va, col san-gue
Enr.
va, va, la mac-chia d'ol-
Raim.
il tuo duo-lo fi-a spen-to, tut-to è lie-ve, tut-to è
Va, col san-gue
Va, col san-gue
Vni
Vle
Vc.
Cb.

Ott.
Fl.
Ob.
a 2
Cl. Do
Fg.
Re Cor. La
Trb. Re
Trbn.
Tp.
Luc.
co - re che spi-ran-do sul lab-bro mi sta, che spi-ran-do sul
Ali.
Ah! il suo sta to,i tuoi
Edg.
spo - glia al - l'al-ta - re più lie - tane an-drà, al - l'al-ta - re più
Art.
tuo la - va - ta sa-rà, sì, sì,
Enr.
-trag - gio sì ne - ro, ah! la - va -
Raim.
lie - ve al - l'e - ter - na pie - tà, tut - to è lie - ve,
tuo la - va - ta sa-rà, sì, sì,
tuo la - va - ta sa-rà, sì, sì
Vni
Vle
Vc.
Cb.

Ott.
Fl.
I.
Ob.
a 2
Cl. Do
Fg.
a 2
Re Cor. La
I.
a 2
Trb. Re
Trbn.
I.
Tp.
P. G.C.
Luc.
lab - bro sta, sul lab - bro mi
Ali.
gior - ni ri - spet - ta, ah, va,
Edg.
lie - ta ne an - drà, lie - ta
Art.
sa - rà, va, va,
Enr.
- ta, col san - gue la va -
Raim.
tut - to al - l'e - ter -
sa - rà, va,
sa - rà, va,
Vni
DIV.
Vle
UNITE
Vc.
ARCO
Cb.
ARCO
p
f
ff

52
Più mosso
Ott.
Fl.
a 2
Ob.
Cl. Do
a 2
Fg.
Re Cor. La
I.
Trb. Re
a 2
Trbn.
Tp.
pp
P. G. C.
Luc.
sta, mi sta.
Ali.
va, va. In fe li ce, t'in vo la, t'af
Edg.
ne an drà.
Art.
va.
Enr.
ta sa rà.
Raim.
na pie tà. Ah! vi vi e
Sopr.
f
In fe li ce, t'in
va.
va.
52
Più mosso
Vni
Vle
Vc.
Cb.

Ott.
Fl.
Ob.
Cl. Do
a 2
Fg.
Re Cor. La
a 2
I.
Trb. Re
a 2
Trbn.
Tp.
P. G.C.
Luc.
Dio, lo sal - - - va!
Ali.
fret - - - ta, i tuoi gior -
Edg.
f
No, no, no, tru - ci - da - temi...
Art.
E - sci, fug - - gi...
Enr.
E - sci, fug - - gi...
Raim.
for - se il tuo duo - lo fia spen - to,
vo - la, t'af - fret - ta, i tuoi
f
E - sci, fug - - gi...
f
E - sci, fug - - gi...
UNITI
DIV.
Vni
DIV.
UNITE
Vle
Vc.
Cb.

Ott.
Fl.
a 2
Ob.
Cl. Do
Fg.
Re Cor. La
I.
Trb. Re
Trbn.
Tp.
pp
P. G. C.
Luc
in si fie - ro mo-
Ali.
-ni,il suo sta - to ri-spet- - - - -ta,
Edg.
no, no, no, no, cal-pe-sta - te-
Art.
il fu - ror che m'ac-
Enr.
fug - gi, van- - - -
Raim.
tut to è lie - ve al-l'e-ter - na pie-
gior - ni,il suo sta - to ri - spet - ta.
il fu - ror che n'ac-
il fu - ror che n'ac-
UNITI
DIV.
Vni
Vle
Vc.
Cb.

53
Ott.
Fl.
Ob.
a 2
Cl. Do
Fg.
Re
Cor.
La
Trb. Re
Trbn.
Tp.
P. G.C.
Luc.
-men - to, ah, d'u - na mi - se - ra a-scol - ta l'ac - cen - to,
Ali.
vi - vi, e for - se il tuo duo - lo fia spen - to, tut - to è lie -
Edg.
-mi, sì, del mio san - gue co - per - ta la so - glia, la
Art.
-cen - de so - lo un pun - to i suoi col - pì so -
Enr.
-ne, la mac - chia la - va - ta col
Raim.
-tà, sì, tut - to, sì, tut - to, sì, tut - to
Ah, vi - vi, e for - se il tuo duo - lo
-cen - de so - lo un pun - to i suoi col - pì so -
-cen - de so - lo un pun - to i suoi col - pì so -
53
Vni
UNITE
Vle
Vc.
Cb.

Ott.
Fl.
Ob.
Cl. Do
Fg.
Re Cor. La
Trb. Re
Trbn.
Tp.
P. G.C.
ff
a 2
Luc.
Dio lo sal - va, Di - o, Di -
Ali.
-ve al - l'e - ter - na pie - tà, ah, sì, ah,
Edg.
so - - - glia, dol - ce vi - sta sa -
Art.
spen - - - de, sì, sì, sì,
Enr.
san - gúe sa - rà, la vata col san - gue, la va ta sa - rà,
Raim.
al - l'e - ter - na pie - tà, tut - to, sì,
fia spen - to, ah, sì, ah,
spen - - - de, sì, sì, sì,
spen - - - de, sì, sì, sì,
Vni
Vle
Vc.
Cb.

54
Ott.
Fl.
Ob.
Cl. Do
Fg.
Re Cor. La
Trb. Re
Trbn.
Tp.
P. G.C.
Luc.
-o, è l'e - stre - ma,
Ali.
sì, Di -
Edg.
-rà tru - ci - da - te,
Art.
sì, e - sci, fug - gi, il fu - ror chem'ac - cen - de so - lo un
Enr.
sì, e - sci, fug - gi, il fu - ror chem'ac - cen - de so - lo un
Raim.
sì, in - fe - li - ce, t'in - vo - la, t'af - fret - ta, i tuoi
sì, fug - gi,
sì, e - sci, fug - gi, il fu - ror chen'ac - cen - de so - lo un
sì, e - sci, fug - gi, il fu - ror chen'ac - cen - de so - lo un
54
Vni
Vle
Vc.
Cb.

Ott.
Fl.
Ob.
Cl. Do
Fg.
Re Cor. La
Trb. Re
Trbn.
Tp.
Luc.
Ali.
Edg.
Art.
Enr.
Raim.
Vni
Vle
Vc.
Cb.
a 2
I.
I.II.
cresc.
l'e - stre - ma do - man - da, che sul lab - bro mi -
- o! Di - o! fug - gi,
tru - ci - da - te, cal - pe - sta - te, cal - pe -
pun - to i suoi col - pi so - spen - de, ma fra po - co più a - tro - ce, più
gior - ni il suo sta - to ri - spet - ta, vi - vi e for - se il tuo duo - lo fia
e - sci, e - sci,

Ott.
Fl.
Ob.
Cl. Do
Fg.
Re Cor. La
Trb. Re
Trbn.
Tp.
P. G.C.
Luc.
-sta, ah, sì, che sul
Ali.
tut - to è lie - ve al - l'e - ter - na pie - tà, al - l'e-
Edg.
-sta- - - - - - te, al - l'al-
Art.
fie - ro sul tu-o ca - po ab-bor - ri - to ca-drà, sul tu-o
Enr.
fie - ro sul tu-o ca - po ab-bor - ri - to ca-drà, sul tu-o
Raim.
spen - to, tut - to è lie - ve al - l'e - ter - na pie - tà, tut - to è
tut - to è lie - ve al - l'e - ter - na pie - tà, tut - to è
fie - ro sul tu-o ca - po ab-bor - ri - to ca-drà, sul tu-o
fie - ro sul tu-o ca - po ab-bor - ri - to ca-drà, sul tu-o
Vni
Vle
Vc.
Cb.

Ott.
Fl.
a 2
Ob.
Cl.
Do
a 2
Fg.
Re
Cor.
La
Trb.
Re
Trbn.
Tp.
P.
G.C.
Luc.
lab - - bro mi sta, sul lab - - bro mi
Ali.
ter - na pie - tà, al - l'e - ter - na pie
Edg.
ta - re più lie - ta ne andrà, più lie - ta ne an
Art.
ca - po abbor - ri - to ca - drà, sì, sul tu - o ca - - po ca
Enr.
ca - po abbor - ri - to ca - drà, sì, sul tu - o ca - - po ca
Raim.
lie - ve all'e - ter - na pie - tà, sì, al - l'e - ter - - na pie
lie - ve all'e - ter - na pie - tà, sì, al - l'e - ter - - na pie
ca - po abbor - ri - to ca - drà, sì, sul tu - o ca - - po ca
ca - po abbor - ri - to ca - drà, sì, sul tu - o ca - - po ca
Vni
Vle
Vc.
Cb.

55 Più allegro
Ott.
Fl.
Ob.
Cl. Do
Fg.
a 2
Re Cor. La
Trb. Re
Trbn.
Tp.
P. G.C.
Luc.
sta, sì, è l'e - stre - ma do - man - da del co - re che spi - ran -
Ali.
-tà, sì, quan - te vol - te ad un so - lo tor - men - to mil - le gio - ie appre -
Edg.
-drà, sì, cal - pe - stan - do l'e - san - gue mia spo - glia, sì, più lie -
Art
-drà, sì, sì, la mac - chia d'ol - trag - gio, sì, ne - ro col tuo la -
Enr.
-drà, sì, sì, la mac - chia d'ol - trag - gio, sì, ne - ro col tuo san - gue la -
Raim.
-tà, sì, quan - te vol - te ad un so - lo tor - men - to gio - ie appre -
-tà, sì, quan - te vol - te ad un so - lo tor - men - to mil - le
-drà, sì, sì, la mac - chia d'ol - trag - gio, sì, ne - ro la -
-drà, sì, sì, la mac - chia d'ol - trag - gio, sì, ne - ro col tuo san - gue la -
55 Più allegro
Vni
Vle
Vc.
Cb.
ff

Ott.
Fl.
Ob.
Cl. Do
Fg.
Re Cor. La
a 2
Trb. Re
Trbn.
Tp.
P. G.C.
I.
Luc.
-do mi sta, sì, è l'e - stre - ma do - man - da del co - - -
Ali.
-sta - te non ha, sì, quan - te vol - te ad un so - lo tor - men - to quan - te
Edg.
-ta n'an - drà, sì, cal - pe - stan - do l'e - san - gue mia spo - glia
Art.
-va - ta sa - rà, sì, col tuo san - gue la - va - ta sa - rà,
Enr.
-va - ta sa - rà, sì, col tuo san - gue la - va - ta sa - rà,
Raim.
-sta - te non ha, sì, quan - te vol - te ad un so - lo tor - men - to ad - un
gio - - ie, sì, quan - te vol - te ad un so - lo tor - men - to
-va - ta sa - rà, sì, col tuo san - gue la - va - ta sa - rà,
-va - ta sa - rà, sì, col tuo san - gue la - va - ta sa - rà,
Vni
Vle
Vc.
Cb.

56
Ott.
Fl.
Ob.
Cl. Do
Fg.
a 2
Re Cor. La
a 2
Trb. Re
a 2
Trbn.
Tp.
P. G.C.
Luc.
- - - - re che mo - ren -
Ali.
gio - ie, ah, quan - te, quan -
Edg.
al - l'al - ta - - re più lie -
Art.
col tuo san gue sol
Enr.
sì, col tuo san - gue la - va - ta sa - rà, sì, sol col
Raim.
sol quan - te gio - ie ap - pre - sta - te, sì, ap -
mil - le
col tuo
col tuo
56
Vni
Vle
Vc.
Cb.

Ott.
Fl.
Ob.
Cl. Do
Fg.
Re
Cor.
La
a 2
Trb. Re
Trbn.
Tp.
P. G. C.
Luc.
-do sul lab - - - bro mi sta, sul
Ali.
-te gio - ie ap-pre - sta - te non ha, ap - pre-
Edg.
-ta, più lie- - - -ta ne an - drà, più
Art.
col tuo san - gue la - va - ta sa - rà, la -
Enr.
tuo san - gue la - va - ta sa - rà, la -
Raim.
- pre - sta- - - -te non ha, ap - pre-
ff
ap - pre - sta - te non ha ap - pre-
san - gue la - va - ta sa - rà, la -
san - gue la - va - ta sa - rà, la -
Vni
Vle
Vc.
Cb.

Ott.
Fl.
Ob.
Cl. Do
Fg.
Re Cor. La
Trb. Re
Trbn.
Tp.
P. G. C.
Luc.
lab - bro mi sta, sul lab - bro mi sta,
Ali.
sta - te non ha, ap - pre_sta - te non ha,
Edg.
lie - ta ne an_drà, più lie - ta ne andrà,
Art.
va - ta sa_rà, la - va - ta sa_rà,
Enr.
va - ta sa_rà, la - va - ta sa_rà,
Raim.
sta - te non ha, ap - pre_sta - te non ha,
sta - te non ha, ap - pre_sta - te non ha,
va - ta sa_rà, la - va - ta sa_rà,
va - ta sa_rà, la - va - ta sa_rà,
Vni
Vle
Vc.
Cb.

Ott.
Fl.
Ob.
Cl. Do
Fg.
Re Cor. La
Trb. Re
Trbn.
Tp.
P. G.C.
Luc.
sì, sì, mi sta, ahi - - - -
Ali.
e - sci, fug - gi, sì, tut - to è lie - ve al - l'e - ter - na pie-
Edg.
sì, sì, ne an - drà, sì, sì, più lie - ta ne an-
Art.
e - sci, fug - gi, o col tuo san - gue la - va - ta sa-
Enr.
e - sci, fug - gi, o col tuo san - gue la - va - ta sa-
Raim.
e - sci, fug - gi, sì, tut - to è lie - ve al - l'e - ter - na pie-
ah, sì, non ha, sì, quan - te gio - ie appre - sta - te non
e - sci, fug - gi, o col tuo san - gue la - va - ta sa-
e - sci, fug - gi, o col tuo san - gue la - va - ta sa-
Vni
Vle
Vc.
Cb.

Ott.
Fl.
a 2
Ob.
Cl. Do
a 2
Fg.
Re Cor. La
a 2
Trb. Re
Trbn.
Tp.
P. G. C.
Luc.
_mè!
Ali.
_tà!
Edg.
_drà!
Art.
_rà!
Enr.
_rà!
Raim.
_tà!
ha!
_rà!
_rà!
Vni
Vle
Vc.
Cb.

Fine dell'Atto I.

ATTO SECONDO

Nº 11. URAGANO, SCENA E DUETTO

"Asthon! Sì,,

EDGARDO - ENRICO

VUOTA
Ott.
ff
Fl.
Ob.
Cl.
Do
Fg.
Re
Cor.
La
a 2
Trb.
La.
Trbn.
Tp.
G. C.
Vni
Vle
Vc.
Cb.

Ott.
Fl.
Ob.
a 2
Cl. Do
Fg.
Re
Cor.
La
a 2
Trb. La
a 2
Trbn.
Tp.
Vni
Vle
Vc.
Cb.
fp
ff
f

Ott.
Fl.
a 2
Ob.
Cl.
Do
a 2
Fg.
Re
Cor.
La
a 2
Trb.
La
a 2
Trbn.
Tp.
G.C.
Vni
Vle
Vc.
Cb.

Ott.
a 2
Fl.
Ob.
a 2
Cl.
Do
Fg.
Re
Cor.
La
a 2
Trb.
La
a 2
I.
Trbn.
Tp.
G.C.
Vni
Vle
Vc.
Cb.

rall. un poco a tempo
Ott.
Fl.
I.
p
Ob.
I.
p
Cl.
Do
I.
p
pp
Fg.
pp
Re
Cor.
La
p
III.
p
Trb.
La
I.
p
Trbn.
Tp.
p
rall. un poco a tempo
Vni
p
pp
p
pp
Vle
p
pp
Vc.
p
Cb.
p

1
Allegro
Ott.
a 2
Fl.
Ob.
Cl.
Do
Fg.
Re
Cor.
La
Trb.
La
Trbn.
Tp.
G.C.
1
Allegro
Vni
Vle
Vc.
Cb.

Recitativo
All.° vivace
Ott.
Fl.
Ob.
Cl. Do
Fg.
Re
Cor.
La
a 2
Trb. La
a 2
Trbn.
Tp.
G.C.
Recitativo
EDGARDO
(Scoppia un fulmine)
Or_rida è questa notte come il desti_no mi_o!
Recitativo
All.° vivace
Vni
Vle
Vc.
Cb.

Recitativo
Ott.
Fl.
Ob.
Cl. Do
Fg.
Re
Cor.
La
Trb. La
Trbn.
Tp.
G.C.
Recitativo
Edg.
Sì, tuo_na,o cie_lo... imperversate,o fulmini... scon_
Recitativo
p
p
p
p
p
Vni
Vle
Vc.
Cb.

2 Allegro
Ott.
Fl.
Ob.
Cl. Do
Fg.
Re Cor. La
Trb. La
Trbn.
Edg.
-vol-to sia l'or-din di na-tu-ra, e pe-ra il mon - do...
2 Allegro
Vle
Vc.
Ob.
Cl. Do
Fg.
Edg.
Ma nonm'in-gan-no! Scal-pi-tar d'ap-
Vni
Vle
Vc.
Cb.
cresc.

Ob.
Cl. Do
Fg.
a 2
Re Cor. La
III.
Tp.
p cresc.
Edg.
-pres - so o - do un de - strier!... S'ar-
Vni
Vle
Vc.
Cb.
Recitativo
Edg.
-re-sta!... Chi mai del-la tem-pe-sta fra le minaccie e l'i-ra, chi puote a me ve-
Recitativo
Vni
Vle
Vc.
Cb.

Allegro
Ott.
Fl.
Ob.
Cl. Do
Fg.
Re
Cor.
La
Trb. La
Trbn.
Tp.
G.C.
Edg.
-nir-ne?
Qua-le ar-di - re!...
ENRICO
(gettando il mantello)
I - o.
Allegro
Vni
Vle
Vc.
Cb.

3
Andante
Edg.
Asthon!
Enr.
Sì.
3
Andante
Vni
PIZZ.
p
Vle
Vc.
Cb.
PIZZ.
Fg.
Tp.
Edg.
Fra que - ste mu - ra o - si offrir - ti al mio co -
Vni
Vle
Vc.
Cb.

Ott.
Fl.
Ob.
Cl.
Do
Fg.
Re
Cor.
La
a 2
Trb.
Re
Trbn.
Tp.
Edg.
-spet-to?
Per mi-a?
ENRICO
Io vi sto pertua scia-gu-ra.
Non veni-stinel mio tet-to?
Vni
ARCO
Vle
Vc.
ARCO
Cb.

4
Moderato
Fg.
Re
Cor.
La
Trb.
Re
Trbn.
Tp.
I.
4
Moderato
Vni
DIV.
Vle
UNITI PIZZ.
Vc.
Cb.
Cl.
Do
Fg.
Re
Cor.
La
III.
Trb.
Re
Trbn.
Tp.
EDGARDO
Qui del pa - dre ancor re - spi - ra l'ombra i - nul - ta, e par che
Vni
Vle
Vc.
Cb.

Cl. Do
Fg.
I.
Re
Cor.
La
Trb. Re
Trbn.
Tp.
Edg.
fre - ma! morte o.gn'au - ra a te qui spi - ra! il ter -
Vni
Vle
Vc.
Cb.

Cl.
Do
Fg.
I.
Re
Cor.
La
Trb.
Re
Trbn.
I.
Tp.
Edg.
-ren,il ter-renpertequi tre - ma! Nel var-car la so - gliaor-ren - da bendo -
Vni
Vle
UNITE
Vc.
Cb.

a tempo
I.
affrett. un poco
Fl.
Ob.
Cl.
Do
Fg.
Re
Cor.
La
Trb.
Re
Trbn.
I.II. a 2
III.
Tp.
a 2
Edg.
-vre - sti pal - pi - tar, come un uom - che - vi - vo - scen - da la sua
affrett. un poco
a tempo
Vni
DIV.
Vle
UNITE
Vc.
ARCO
Cb.
ARCO

Fl.
I.
5
Ob.
Cl. Do
Fg.
Re
Cor.
La
Trb. Re
a 2
Trbn.
I.II. a 2
III.
Tp.
Edg.
tom - ba adal_ber_gar, nel var_car la soglia or_ren_da, nel var_car la soglia or_
Vni
Vle
Vc.
Cb.
al PONT.
PIZZ.

Fl.
Ob.
Cl. Do
Fg.
Re
Cor.
La
Trb. Re
Tp.
Edg.
Vni
Vle
Vc.
Cb.
cresc.
PIZZ.
-ren-da ben do-vre-sti pal-pi - tar, co - me un uom che vi - vo scenda, come un uom che vi - vo

affrett.
Ott.
f cresc.
Fl.
f cresc.
Ob.
f
cresc.
Cl.
Do
f
cresc.
Fg.
f cresc.
Re
Cor.
La
f
cresc.
f cresc.
Trb.
Re
f cresc.
Trbn.
f cresc.
Tp.
f cresc.
Edg.
-scen-da la sua tomba ad al-ber - gar, ad al - ber - gar, ad al - ber -
affrett.
POS. NAT.
f
cresc.
Vni
POS. NAT.
f
cresc.
ARCO
Vle
f
cresc.
ARCO
Vc.
f
cresc.
ARCO
Cb.
f
cresc.

I.
Fl.
a 2
Ob.
I.
Cl.
Do
Fg.
Re
Cor.
a 2
La
a 2
Trb.
Re
Trbn.
Tp.
Edg.
-gar, la sua tom-ba, la sua tom - ba ad al - ber-
Vni
Vle
Vc.
Cb.
ff

6
I. Tempo
Edg.
-gar.
ENRICO (con gioia feroce)
Fu con-dot - ta al sa - cro ri-to, quindi al ta - lamo Lu -
6
I. Tempo
Vni
PIZZ.
Vle
Vc.
PIZZ.
Cb.
Fg.
Tp.
Edg.
(Ei più squar - cia il cor fe - ri - to!... Oh tor-men-to! oh gelo -
Enr.
-ci-a.
Vni
Vle
Vc.
Cb.

7
Moderato
Ott.
Fl.
Ob.
Cl.
Do
Fg.
Re
Cor.
La
a 2
Trb.
Re
Trbn.
Tp.
Edg.
-si-a! Oh, ge-lo-si-a!) Eb-ben? eb-
Enr.
E - la è al ta-lamo.
7
Moderato
Vni
ARCO
Vle
DIV.
Vc.
PIZZ.
ARCO
Cb.
PIZZ.

Fg.
I.
Re
Cor.
La
Trb.
Re
Trbn.
I.
Tp.
Edg.
_ben?
Enr.
A _ scol _ ta.
Di le _
Vni
Vle
Vc.
Cb.

Cl.
Do
Re
Cor.
La
III.
Enr.
_ti _ zia il mio _ sog _ gior _ no e di plau _ so _ rim _ bom_
Vni
Vle
Vc.
Cb.
Cl.
Do
Fg.
I.
Re
Cor.
La
Trb.
Re
Trbn.
Tp.
Enr.
_ba _ va; ma più for _ te al cor _ d'in _ tor_no la _ven _
Vni
Vle
Vc.
Cb.

Cl. Do
Fg.
I.
Re Cor. La
Trb. Re
Trbn.
Tp.
Enr.
-det-ta, la ven-det-ta mi par - la - va! Qui mi tras - si,in mez - zo ai
Vni
Vle
UNITI
UNITE
Vc. Cb.
Fl.
affrett. un poco
ven - ti la sua vo - ce u-dia tut - tor, e il fu - ror de-gli e - le -
DIV.

a tempo
Fl.
Ob.
Cl. Do
Fg.
Re Cor. La
a 2
Trb. Re
I. II. a 2
III.
Trbn.
Tp.
tratt. e rall.
Enr.
-men - ti ri-spon-de- - va al mio fu-ror, il fu-ror de-gli e-le-
a tempo
col canto al PONT.
al PONT.
Vni
UNITE
PIZZ.
Vle
ARCO
Vc. Cb.
Cl. Do
I. II.
Cor. Re
Enr.
-men-ti, il fu-ror de-gli e-le-men-ti ri-spon-de-va al mio fu-
Vni
Vle
Vc. Cb.

Ob.
Cl. Do
Fg.
Re Cor. La
Trb. Re
Tp.
EDGARDO
(Oh tor-men-to, oh ge-lo-si-a!)
Enr.
-ror, il fu-ror de-gli e-le-men-ti, il fu-ror de-gli e-le-
Vni
Vle
PIZZ.
Vc.
PIZZ.
Cb.
affrett.
Ob.
Cl. Do
Cor. Re
I.II.
Enr.
-men-ti ri-spon-de-va al mio fu-ror, al mio fu-
affrett.
POS. NAT.
Vni
POS. NAT.
ARCO
Vle
ARCO
Vc.
ARCO
Cb.

Ott.
Fl.
Ob.
Cl. Do
Fg.
Re Cor. La
Trb. Re
Trbn.
Tp.
Enr.
Vni
Vle
Vc.
Cb.
p cresc.
cresc.
f cresc.
ff
I.
a 2
-ror, al mio fu - ror, il fu - ror degli e - le - men - ti rispon-

8
Ott.
Fl.
Ob.
Cl.
Do
Fg.
Re
Cor.
La
a 2
Trb.
Re
Trbn.
Tp.
EDGARDO
(con altera impazienza)
Dame che bra - mi?
Enr.
-de-va, risponde-va al mio fu - ror.
A - scol - ta-
8
Vni
Vle
Vc.
Cb.

Ott.
Cl.
Do
Fg.
Re
Cor.
La
a 2
Trb.
Re
Trbn.
Tp.
Enr.
-mi:
On - de punir l'of -
Vni
Vle
Vc.
Cb.

Ott.
Ob.
Cl. Do
Fg.
Re
Cor.
La
a 2
Trb. Re
Trbn.
Tp.
Enr.
fe - sa, de' mie - i, de' mie - i la spa - da
Vni
Vle
Vc.
Cb.

Ott.
Fl.
a 2
I.
Ob.
Cl.
Do
Fg.
Cor.
Re
I.II. a 2
Trbn.
a 3
Tp.
Enr.
vin - di - ce pen - de su te so - spe - sa,
Vni
Vle
Vc.
Cb.

Ott.
Fl.
a 2
I.
Ob.
Cl.
Do
I.
Fg.
Cor.
Re
I.II. a 2
Trbn.
a 3
Tp.
Enr.
on - de pu-nir l'of - fe - sa... ma ch'al - tri ti
Vni
Vle
Vc.
Cb.

rall.
a tempo
Ott.
Fl.
I.
Ob.
Cl.
Do
Fg.
Re
Cor.
La
Trb.
Re
Trbn.
Tp.
EDGARDO
So chealpaterno ce_ne_re giurai strap_parti il
Enr.
spenga, mai... chideesvenar_ti il sa_i!
Vni
Vle
Vc.
Cb.

9 Allegro
Ott.
Fl.
Ob.
Cl. Do
Fg.
Rc
Cor.
La
a 2
Trb. Re
Trbn.
Tp.
Edg.
(con nobile disdegno)
co - re.
Sì.
Quan - do?
Enr.
Tu!...
Tu!...
Al
9 Allegro
Vni
Vle
Vc.
Cb.

I. Tempo
Meno
Ott.
Fl.
Ob.
Cl. Do
Fg.
Re Cor. La
a 2
Trb. Re
Trbn.
LA-MI
Tp.
Edg.
O - ve?
Enr.
primo sorgere del mat_tuti_no al_bo - re.
Fra l'urne ge_lide
I. Tempo
Meno
Vni
Vle
Vc.
Cb.

10
col canto
Ott.
a 2
Fl.
Ob.
Cl.
Do
Fg.
Re
Cor.
La
Trb.
Re
Trbn.
Tp.
Edg.
Ver - rò. Sì, ver - rò, sì! sì!
a piacere
Enr.
di Ravenswood.
I-vi a restar pre-
10
col canto
Vni
Vle
Vc.
Cb.

Maestoso
Ott.
Fl.
Ob.
Cl. Do
Fg.
Re Cor. La
Trb. Re
Trbn.
Tp.
Edg.
Opp.
I - vi t'ucci - de - rò. Al primo albo - re. Ah! O
Enr.
- pa - rati. Al primo albo - re. Ah! O
Maestoso
Vni
Vle
Vc.
Cb.

11 Marziale
Ob.
Cl. Do
Fg.
p stacc.
Re Cor. La
p stacc.
Trb. Re
Trbn.
Tp.
Edg.
so - le, più rat - to a sor - ger t'ap - pre - sta, ti cin - ga di san - gue ghir -
Enr.
so - le, più rat - to a sor - ger t'ap - pre - sta, ti cin - ga di san - gue ghir -
11 Marziale
Vni
Vle
Vc.
Cb.
PIZZ.
ARCO

Cl.
Do
Fg.
Re
Cor.
La
Trb.
Re
Trbn.
Tp.
Edg.
-lan-da fu-ne-sta... con quel-la ri-schia-ra l'or-ri-bi - le ga-ra d'un
Enr.
-lan-da fu-ne-sta... con quel-la ri-schia-ra l'or-ri-bi - le ga-ra d'un
ARCO
PIZZ.
Vni
Vle
Vc.
Cb.

rall:.................. a tempo
Ott.
Fl.
Ob.
Cl. Do
Fg.
Re Cor. La
Trb. Re
Trbn.
Tp.
Edg.
o - dio mor - ta - le, d'un cie - co fu - ro - re, o so - le, più rat - to ri -
Enr.
o - dio mor - ta - le, d'un cie - co fu - ro - re, o so - le, più rat - to ri -
rall:.................. a tempo
ARCO
PIZZ.
Vni
Vle
Vc.
Cb.

affrett.
Ott.
Fl.
Ob.
Cl. Do
Fg.
Re Cor. La
Trb. Re
Trbn.
Tp.
P. G. C.
Edg.
sor_gi e ri_schiara d'un o_dio mor_ta_ _ _ _le il cie_co, il cie_co fu_
Enr.
sor_gi e ri_schiara d'un o_dio mor_ta_le il cie_co, il cie_co fu_
affrett.
Vni
Vle
Vc.
Cb.
ff
I.
a 2
II.III.
DIV.
UNITE
ARCO

12
a tempo
Fl.
Ob.
Cl.
Do
Fg.
Re
Cor.
La
Trb.
Re
Trbn.
Edg.
- ror.
Giu - ra - i strap -
Enr.
- ror.
12
a tempo
Vni
Vle
DIV.
UNITE
Vc.
Cb.

Fl.
Ob.
Cl. Do
Fg.
Re Cor. La
Trb. Re
Trbn.
Tp.
P. G. C.
Edg.
-par - ti il co - - re.
Enr.
La
Vni
Vle
DIV.
Vc.
Cb.
a 2
I.

Ott.
Fl.
Ob.
Cl. Do
Fg.
Re
Cor.
La
Trb. Re
Trbn.
Tp.
P. G. C.
Edg.
Fra
Enr.
spa - da pen - de su te.
Vni
UNITE
Vle
Vc.
Cb.

Ott.
a 2
Fl.
Ob.
Cl.
Do
Fg.
Re
Cor.
La
Trb.
Re
Trbn.
Tp.
P.
G.C.
a 2
G. C. sola
(come tuono distante)
Edg.
l'ur - ne di Ravenswood...
Ah! — Fa-
Enr.
Al - l'al - ba ver - rò. Ah! — Fa-
Vni
Vle
Vc.
Cb.

13 I. Tempo
Ob.
fp
Cl.
Do
fp
fp
Fg.
p stacc.
f p
Re
Cor.
La
p stacc.
p stacc.
Trb
Re
f
Trbn.
f
Tp.
f
Edg.
-rà di no-str'al-me a-tro-ce go-ver-no gri-dan - do ven-det-ta lo
Enr.
-rà di no-str'al-me a-tro-ce go-ver-no gri-dan - do ven-det-ta lo
13 I. Tempo
PIZZ.
ARCO
PIZZ.
Vni
f
p
f
p
Vle
Vc
PIZZ.
p
Cb.

Cl. Do
Fg.
Re
Cor.
La
Trb. Re
Trbn.
Tp.
(l'uragano è al colmo)
Edg.
spir_to d'A_ver_no Del tuo_no che mug_ge, del nem_bo che rug_ge più
Enr.
spir_to d'A_ver_no Del tuo_no che mug_ge, del nem_bo che rug_ge più
ARCO
PIZZ.
Vni
ARCO
PIZZ.
Vle
ARCO
PIZZ.
Vc.
Cb.
ARCO
PIZZ.

rall:.................... a tempo
Ott.
Fl.
Ob.
Cl. Do
Fg.
Re Cor. La
Trb. Re
Trbn.
Tp.
Edg.
l'i_ra è tre_men_da che m'ar_de nel co_re. O so_le, più rat_to ri_
Enr.
l'i_ra è tre_men_da che m'ar_de nel co_re. O so_le, più rat_to ri_
rall:.................... a tempo
Vni
Vle
Vc.
Cb.
ARCO
PIZZ.

affrett.
Ott.
Fl.
Ob.
Cl.
Do
Fg.
Re
Cor.
La
Trb.
Re
Trbn.
Tp.
P.
G.C.
Edg.
sor-gi e ri-schia-ra d'un o-dio mor-ta - - - le il cie - co, il cie-co fu-
Enr.
sor-gi e ri-schia-ra d'un o - dio mor - ta - le il cie - co, il cie-co fu-
affrett.
Vni
Vle
Ve.
Cb.
I.
a 2
II. III. a 2
DIV.
UNITE
ARCO
ff

14 Più allegro
Ott.
Fl.
Ob.
Cl. Do
Fg.
Re Cor. La
Trb. Re
Trbn.
Tp.
G. C.
sola
Edg.
-ror... l'or-ri-bi-le ga-ra d'un o-dio mor-ta-le, d'un cie-co fu-ror, d'un
Enr.
-ror... con quel-la ri-schiara d'un o-dio mor-ta-le, d'un cie-co fu-ror, d'un
14 Più allegro
Vni
Vle
Vc.
Cb.

Ott.
Fl.
Ob.
Cl.
Do
a 2
Fg.
Re
Cor.
La
a 2
a 2
Trb.
Re
I.II. a 2
Trbn.
III.
Tp.
G. C.
Edg.
cie - co fu - ror, d'un cie - co fu - ror, d'un cie - co fu - ror, d'un
Enr.
cie - co fu - ror, d'un cie - co fu - ror, d'un cie - co fu - ror, d'un
Vni
Vle
Vc.
Cb.

Ott.
Fl.
Ob.
Cl. Do
Fg.
Re
Cor.
La
Trb. Re
Trbn.
Tp.
G. C.
Edg.
cie - co fu-ror, d'un cie-co fu-ror, d'un cie-co fu-ror, d'un cie-co fu-ror.
(Partono.)
Enr.
cie - co fu-ror, d'un cie-co fu-ror, d'un cie-co fu-ror, d'un cie-co fu-ror.
Vni
Vle
Vc.
Cb.

Ott.
Fl.
Ob.
Cl.
Do
Fg.
Re
Cor.
La
Trb.
Re
Trbn.
a 3
Tp.
G.C.
Vni
Vle
Vc.
Cb.

Dalle sale contigue si ascolta la musica di liete danze. Il fondo della scena è ingombro di abitanti del Castello di Lammermoor. Sopraggiungono Cavalieri che s'uniscono in crocchio.

Nº 12. CORO

"D'immenso giubilo,,

Ott.
p
Fl.
a 2
p
Ob.
I.
p
Cl.
La
I.
p
Fg.
Mi
Cor.
Mi
p
Trb.
La
a 2
p
Trbn.
p
Trg.
p
Vni
p
Vle
Vc.
Cb.

Ott.
Fl.
a 2
I.
Ob.
Cl.
La
Fg.
Mi
Cor.
Mi
Trb.
La
p
Trbn.
Trg.
Vni
Vle
Vc.
Cb.

Ott.
Fl.
I.
a 2
Ob.
Cl.
La
Fg.
Mi
Cor.
Mi
Trb.
La
Trbn.
Tp.
Trg.
P.
G. C.
a 2
Vni
Vle
Vc.
Cb.
ff
p
f

VUOTA
15
Ott.
Fl.
Ob.
Cl. La
Fg.
Mi Cor. Mi
Trb. La
Trbn.
Tp.
Trg.
P. G. C.
a 2
I. II. a 2
III.
Sopr.
Contr.
Bassi
CORO
D'im - men_so giu - bi - lo
D'im - men_so giu - bi - lo
D'im - men_so giu - bi - lo
Vni
Vle
Vc.
Cb.

Ott.
Fl.
Ob.
Cl. La
Fg.
Mi Cor. Mi
Trb. La
Trbn.
Tp.
Trg.
P. G. C.
a 2
a 3.
I.
I. II. a 2
III.
s'in - nalzi un gri - - do. D'im - menso giubi - lo s'in - nalzi un
s'in - nalzi un gri - - do. D'im - menso giubi - lo s'in - nalzi un
s'in - nalzi un gri - - do. D'im - menso giubi - lo s'in - nalzi un
Vni
Vle
Vc.
Cb.

Ott.
Fl.
a 2
p
I.
Ob.
p
I.
Cl. La
I.
Fg.
Mi Cor. Mi
a 2
Trb. La
Trbn.
p
Trg.
gri - do: cor - ra la Scozia di li - do in li - do, e av - verta i per - fi - dí
gri - do: cor - ra la Scozia di li - do in li - do, e av - verta i per - fi - di
gri - do: cor - ra la Scozia di li - do in li - do, e av - verta i per - fi - di
Vni
Vle
Vc.
Cb.

Ott.
Fl.
Ob.
Cl. La
Fg.
Mi Cor. Mi
Trb. La
Trbn.
Tp.
Trg.
P. G. C.
a 2
no - stri ne - mi - ci che a noi sor - ri - do-no le stelle an-cor, e av - verta i
no - stri ne - mi - ci che a noi sor - ri - do-no le stelle an-cor, e av - verta i
no - stri ne - mi - ci che a noi sor - ri - do-no le stelle an-cor, e av - verta i
Vni
Vle
Vc.
Cb.

Ott.
Fl.
a 2
Ob.
Cl. La
Fg.
Mi Cor. Mi
Trb. La
Trbn.
Tp.
Trg.
P. G. C.
per_fi_di no_stri ne_mi_ci che a noi sor_ri_dono le stel_le an_cor,
per_fi_di no_stri ne_mi_ci che a noi sor_ri_dono le stel_le an_cor,
per_fi_di no_stri ne_mi_ci che a noi sor_ri_dono le stel_le an_cor,
Vni
Vle
Vc.
Cb.

16
Ob.
Cl. La
Fg.
Cor. Mi
I.
I. II.
Vni
Vle
Vc.
Cb.
PIZZ.
Ott.
Fl.
a 2
Trbn.
Bassi
che più ter - ri - bili, che più fe - li - ci

17
Ott.
Fl.
a 2
Ob.
p
Cl. La
Fg.
Mi Cor. Mi
Trb. La
Trbn.
I.
II. III. a 2
Tp.
Trg.
P. G.C.
ff
f
Sopr.
d'al-to fa-vor, d'al-to fa-
Ten.
d'al-to fa-vor, d'al-to fa-
Bassi
ne ren-de l'au-ra d'al-to fa-vor, d'al-to fa-vor, d'al-to fa-
17
Vni
Vle
ARCO
Vc.
Cb.

Ott.
Fl.
a 2
Ob.
Cl.
La
Fg.
Mi
Cor.
Mi
a 2
Trb.
La
Trbn.
Tp.
Trg.
P.
G.C.
cresc.
-vor,e av-ver-ta i per-fi-di no-stri ne-mi-ci che a noi sor-ri-do-no le
-vor,e av-ver-ta i per-fi-di no-stri ne-mi-ci che a noi sor-ri-do-no le
-vor,e av-ver-ta i per-fi-di no-stri ne-mi-ci che a noi sor-ri-do-no le
Vni
Vle
Vc.
Cb.

Ott.
Fl.
Ob.
Cl. La
Fg.
Mi Cor. Mi
Trb. La
Trbn.
Tp.
Trg.
P. G.C.
a 2
a 3
ff
stel - le an - cor, av - ver - ta i per - fi - di no - stri ne - mi - ci che a noi sor -
stel - le an - cor, av - ver - ta i per - fi - di no - stri ne - mi - ci che a noi sor -
stel - le an - cor, av - ver - ta i per - fi - di no - stri ne - mi - ci che a noi sor -
Vni
Vle
Vc.
Cb.

Ott.
Fl.
Ob.
Cl. La
Fg.
Mi
Cor.
Mi
a 2
a 2
Trb. La
Trbn.
Tp.
Trg.
P. G. C.
a 2
-ri - - do - - no le stel - - le, le stel - -
-ri - - do - - no le stel - - le, le stel - -
-ri - - do - - no le stel - - le, le stel - -
Vni
Vle
Vc.
Cb.

Ott.
Fl.
Ob.
Cl. La
Fg.
Mi Cor. Mi
Trb. La
Trbn.
Tp.
Trg.
P. G. C.
a 2
-le an-cor, le stel-le an-cor, le stel-le an-cor.
-le an-cor, le stel-le an-cor, le stel-le an-cor.
-le an-cor, le stel-le an-cor, le stel-le an-cor.
Vni
Vle
Vc.
Cb.

Nº 13. GRAN SCENA CON CORI

"Cessi, ah cessi quel contento,,

SCENA IV.

Ott.
Fl.
Ob.
Cl. La
Fg.
Mi Cor. Mi
Trb. Mi
Trbn.
Tp.
Raim.
Sopr.
Vni
Vle
Vc.
Cb.
I.
a 2
a 3
in MI
SOL
ARCO
ff
f
p
cessi...
Un fiero e - ven - to!
Ah!
Ciel! che rechi?
Tu ne agghiac - ci di ter - ror!

19 Larghetto
Fg.
Cor. Mi
I.
(Accenna con mano che tutti lo circondino.)
Raim.
Dal_le stan_ze o_ve Lu_ci_a tratta avea col suo con_
19 Larghetto
Vni
Vle
PIZZ.
Vc.
PIZZ.
Cb.
Fl.
I.
Fg.
Cor. Mi
I.
Raim.
_sor - te, un la_men_to... un grido u_sci_a, come d'uom vici_no a
Vni
Vle
Vc.
Cb.

Fl.
Cl. La
Fg.
Cor. Mi
Tp.
Raim.
mor - te! Cor-si rat-to in quelle mu - ra...ahi!ter-ri-bile scia -
Vni
Vle
ARCO
Vc.
Cb.
col canto
rall.
-gu-ra! Steso Ar-tu - ro al suol giace - va mu-to, fred - do, insangui-
col canto
PIZZ.
ARCO

20
I. Tempo
Poco più
Ott.
Fl.
Ob.
Cl.
La
Fg.
Mi
Cor.
Mi
Trb.
Mi
Trbn.
Tp.
SI-MI
Raim.
-na-to!..e Lucia l'acciar stringe-va, che fu già del tru-ci-dato!... Ella in me le luci af-
20
I. Tempo
Poco più
Vni
Vle
ARCO
Vc.
ARCO
Cb.

Ott.
Fl.
Ob.
Cl.
La
Fg.
Mi
Cor.
Mi
I.
Trb.
Mi
a 2
Trbn.
Tp.
Raim.
-fis - se... Il mio sposo ov'è? mi dis - se, - e nel vol - to suo pal-len - te un sor-
Vni
Vle
Vc.
Cb.

Ott.
Fl.
Ob.
Cl. La
Fg.
Cor. Mi
Trbn.
Tp.
Raim.
-ri - so ba - le - nò! In - fe - li - ce! del - la men - te la virtu - de a lei man - cò, a le - i,
Vni
Vle
Vc.
Cb.
Fl.
Cl. La
Fg.
Cor. Mi
Raim.
a lei, in - fe - li - ce, in - fe - li - ce, del - la men - te la vir - tu - de a lei man -
Vni
Vle
Vc.
Cb.

21
Maestoso
Ott.
Fl.
Ob.
Cl. La
Fg.
Mi Cor. Mi
Trb. Mi
a 2
I.
Trbn.
Tp.
G.C.
Raim.
-cò! Ah!
CORO
Sopr.
p legato
Oh! qual fu-ne - sto av-ve-ni-men - to!... tut - ti ne in-
Ten.
Oh! qual fu-ne - sto av-ve-ni-men - to!... tut - ti ne in-
Bassi
Oh! qual fu-ne - sto av-ve-ni-men - to!... tut - ti ne in-
21
Maestoso
IV. Corda
Vni
Vle
Vc.
PIZZ.
Cb.
PIZZ.

Fg.
Mi
Cor.
Mi
Trb.
Mi
I.
Tp.
-gom - bra cu-po spa-ven - to! Not - te, ri-co - pri la ria sven-
-gom - bra cu-po spa-ven - to! Not - te, ri-co - pri la ria sven-
-gom - bra cu-po spa-ven - to! Not - te, ri-co - pri la ria sven-
Vni
Vle
Vc.
Cb.

22
Fl.
Ob.
I.
Cl.
La
Fg.
Mi
Cor.
Mi
a 2
III.
Trb.
Mi
I.
a 2
Trbn.
I.
Tp.
P.
G. C.
a 2
RAIMONDO
Ah! quella de - stra di
calando
-tu - ra col te - ne-bro-so tuo den - so vel.
-tu - ra col te - ne-bro-so tuo den - so vel.
-tu - ra col te - ne-bro-so tuo den - so vel.
22
IV. C.
Vni
Vle
Vc.
ARCO
PIZZ.
Cb.
ARCO
PIZZ.

Fl.
Ob.
Cl. La
Fg.
Mi Cor. Mi
Trb. Mi
Trbn.
Tp.
P. G. C.
Raim.
san - gue impu - ra l'i - ra non chia - mi su noi del ciel.
Ah! quella
Ah! quella
Ah! quella
Ah! quella
IV. C.
Vni
Vle
Vc.
Cb.
ARCO
ARCO

Fl.
Ob.
Cl.
La
Fg.
Mi
Cor.
Mi
Trb.
Mi
Trbn.
Tp.
P.
G. C.
Raim.
de_stra di_sangue impu_ra l'i_ra non chia_mi su noi del
de_stra di_san_gue impu_ra l'i_ra non chia_mi su noi del
de_stra di_san_gue impu_ra l'i_ra non chia_mi su noi del
de_stra di_san_gue impu_ra l'i_ra non chia_mi su noi del
p calando
Vni
Vle
Vc.
Cb.

Fl.
I.
Ob.
Cl.
La
Fg.
p
Mi
Cor.
Mi
Trb.
Mi
Trbn.
Tp.
Raim.
ciel. El - la in me le lu - ci af - fis - se, e l'ac - ciar, l'acciar strin -
ciel.
ciel.
ciel.
Vni
Vle
Vc.
Cb.

Fl.
Ob.
Cl.
La
Fg.
Mi
Cor.
Mi
Trb.
Mi
Trbn.
Tp.
Raim.
-ge - va!...
Ah!
E l'ac-ciar, l'acciar strin-ge - va!
E l'ac-ciar, l'acciar strin-ge - va, l'ac - ciar!
E l'ac-ciar, l'acciar strin-ge - va, l'ac - ciar!
Vni
Vle
Vc.
Cb.

23
Fl.
Ob.
Cl. La
Fg.
Mi Cor. Mi
Trb. Mi
Trbn.
Tp.
P. G. C.
Raim.
ah! quella de_stra di san_gue impu_ra l'i_ra non chiami su noi del
Ah! quella de_stra di san_gue impu_ra l'i_ra non chiami su noi del
Ah! quella de_stra di san_gue impu_ra l'i_ra non chiami su noi del
Ah! quella de stra di san_gue impu_ra l'i_ra non chiami su noi del
23
Vni
Vle
Vc.
Cb.

Più mosso
a 2
Fl.
Ob.
Cl.
La
Fg.
Mi
Cor.
Mi
Trb.
Mi
Trbn.
Tp.
P.
G. C.
Raim.
ciel, non chiami l'i_ra su no_i del ciel, non chiami l'i_ra su no_i del
ciel, non chiami l'i_ra su no_i del ciel, non chiami l'i_ra su no_i del
ciel, l'i_ra non chiami su noi del ciel, l'i_ra non chiami su noi del
ciel, l'i_ra non chiami su noi del ciel, l'i_ra non chiami su noi del
Più mosso
Vni
Vle
Vc.
Cb.

Fl.
Ob.
Cl. La
Fg.
Mi Cor. Mi
Trb. Mi
Trbn.
Tp.
P. G. C.
Raim.
a 2
ciel, l'i - ra del ciel, sì, sì, l'i_ra del ciel, sì, sì, l'ira del ciel.
ciel, l'i - ra del ciel, sì, sì, l'i_ra del ciel, sì, sì, l'ira del ciel.
ciel, l'i - ra del ciel, sì, sì, l'i_ra del ciel, sì, sì, l'ira del ciel.
ciel, l'i - ra del ciel, sì, sì, l'i_ra del ciel, sì, sì, l'ira del ciel.
Vni
Vle
Vc.
Cb.

a 2
Lento
Fl.
Ob.
Cl.
La
Fg.
Mi
Cor.
Mi
Trb.
Mi
a 3
Trbn.
Tp.
P.
G.C.
Raim.
Ec_cola!
Lento
Vni
Vle
Vc.
Cb.

Nº 14. SCENA ED ARIA

"Ardon gl'incensi,,

24
Fl.
Ob.
Cl. Si♭
Fg.
Cor. Do
I. II.
Lucia
voce m'è qui nel cor di - sce - sa!... Ed_gar_do! io ti son re - sa, Ed_
Vni
Vle
Vc.
Cb.
ARCO
PIZZ.
-gar_do!.. Ah! Edgardo mi - o!... sì, ti son re - sa; fuggita io son da'tuoi nemi -
DIV.
UNITE

col canto
a tempo
I.
Fl.
Ob.
Cl. Si♭
Fg.
Cor. Mi♭
III. IV.
affrett.
Lucia
Recitativo
-ci, da' tuoi ne - mi - ci... Un
col canto
a tempo
ARCO
Vni
Vle
PIZZ.
Vc.
Cb.
col canto
a tempo
I.
Recitativo
Fl.
Cl. Si♭
Fg.
I. II.
Cor. Do
I.
Lucia
gelo mi serpeggia nel sen!... trema ogni fi - fra... vacilla il pie'! Presso la fon - te
col canto
a tempo
Recitativo
Vni
Vle
PIZZ.
ARCO
Vc.
Cb.

Fg.
Cor.
Do
Lucia
Vni
Vle
Vc.
Cb.
col canto
I.
me_cot'as_sidi alquan - to, sì, pres_so la fon_te me - co t'as_si - di...
col canto
25 Allegretto
Fl.
Cl.
Si♭
Fg.
p dolce
p dolce
p
PIZZ.
p

Allegro vivace
I.
Fl.
Ob.
Cl.
Si ♭
Fg.
Do
Cor.
Mi ♭
Trb.
Si ♭
Trbn.
SI ♭-MI ♭
Tp.
LUCIA
Ohi-mè!... sorge il tre-men - do fan-tasma e ne se-
Allegro vivace
ARCO
Vni
Vle
Vc.
Cb.
f
p
fp

Fl.
Ob.
Cl. Si♭
Fg.
a 2
Do
Cor.
Mi♭
a 2
a 2
Trb. Si♭
Trbn.
Tp.
Lucia
-para!... Ohi-mè! Ohi-mè! Ed-gar - do!...Ed -
Vni
f
f
Vle
f
Vc.
f
Cb.

26
Fl.
Ob.
Cl. Si♭
I.
p
Fg.
fp
Do
Cor.
Mi♭
a 2
Trb. Si♭
Trbn.
Tp.
p
Lucia
(spaventata)
-gar - do!... ah! il fan-tasma! il
26
PIZZ.
p
Vni
p
Vle
p
Vc.
p
Cb.
PIZZ.
p

Fl.
Ob.
Cl. Si ♭
I.
Fg.
calando
a 2
Do
Cor.
Mi ♭
Trb. Si ♭
Tp.
Lucia
col canto
Recitativo
fan - tasma ne se - pa - - ra!... Qui ri - covriamo, Ed
ARCO
Vni
Vle
Vc.
Cb.

27
Larghetto
Fl.
Ob.
Cl. Si ♭
Fg.
Lucia
-gar-do, a pie' del-l'a - ra...
Cb.
Sparsa è di ro - se!
Un'armonia ce - le - ste, di, non a-
Cor. Mi ♭
III. IV.
pp

28
Andante
Cl. Si♭
Fg.
Cor. Mi♭
Lucia
-scol - ti?
Ah!
l'inno suo - na di
28
Andante
Vni
Vle
PIZZ.
Vc.
PIZZ.
Cb.
pp
p
Fl.
Cl. Si♭
Fg.
Cor. Mi♭
Lucia
nozze!
con forza
Ah! Ah!
Ah! l'in - no di
Vni
PIZZ.
Vle
Vc.
Cb.

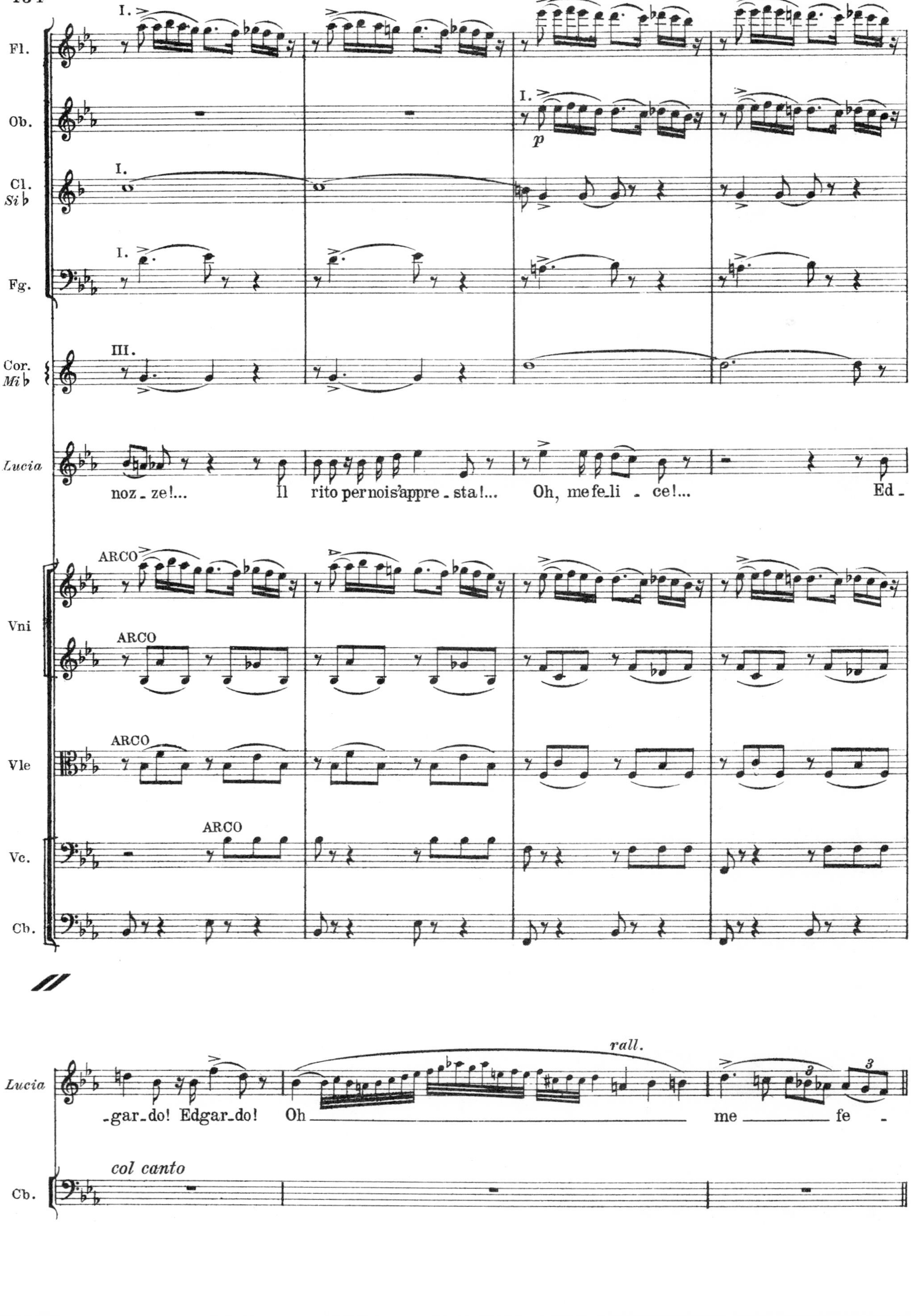
Fl.
Ob.
Cl. Si ♭
Fg.
Cor. Mi ♭
Lucia
Vni
Vle
Vc.
Cb.
I.
III.
p
ARCO
noz_ze!... Il rito per noi s'appre_sta!... Oh, me fe_li _ ce!... Ed_
_gar_do! Edgar_do! Oh me fe _
rall.
col canto

29 Allegro
Fl.
Ob.
Cl. Si♭
Fg.
Do Cor. Mi♭
Trb. Si♭
Trbn.
Lucia
-li - ce! Oh gio - ia che si sen - te, oh gio-ia
29 Allegro
Vni
Vle
UNITI ARCO
Vc. Cb.
I.
che si sente, e non si di
PIZZ.

Maestoso
30 Larghetto
Fl.
Ob.
Cl. Si♭
Fg.
Do Cor. Mi♭
a 2
Trb. Si♭
Trbn.
Tp.
Lucia
I.
-ce! Ardon gl'in - cen - si... Splendon le sacre
ARCO
PIZZ.
Vni
Vle
Vc. Cb.
faci, splendon in - tor - no. Ecco il mi - ni - stro!... por - gimi la destra,..Oh
Vc.
Cb.

col canto
a tempo
Fl.
Cl. Si♭
Lucia
a piacere
lie - to gior-no! oh! lie-to! Al - fin son tu - a, al - fin sei
col canto
a tempo
Vni
Vle
Vc.
Cb.
Fl.
Cl. Si♭
Fg.
Lucia
mi - o, a me ti do - na, a me ti do-na un Di - o.
Vni
Vle
Vc.
Cb.

31
Cl. Si♭
Fg.
Cor. Mi♭
III.IV.
Lucia
opp:
O - gni pia_cer più gra - to, sì, ogni pia_
NORMANNO
Am - bi in sì cru - do sta - to! Di lei, Si -
RAIMONDO
Am - bi in sì cru - do sta - to! Di lei, Si -
CORO
Ten.
Am - bi in sì cru - do sta - to! Di lei, Si -
Bassi
Am - bi in sì cru - do sta - to! Di lei, Si -
31
Vni
DIV. ARCO
Vle
Vc.
Cb.

Fl.
I.
Cl. Si♭
Fg.
Cor. Mi♭
III. IV.
III.
Lucia
-ce - re mi fia con te di - viso, con te, con te Del
Norm.
-gno - re, di lei pie - tà.
Raim.
-gno - re, di lei pie - tà.
Sopr.
Signor pie - tà!
-gno - re, di lei pie - tà. Signor, pie - tà!
-gno - re, di lei pie - tà. Signor, Signor, pie - tà!
Vni
Vle
UNITE PIZZ.
ARCO
PIZZ.
Vc.
Cb.

Fl.
I.
Lucia
ciel cle - men - te, del ciel clemen_te un ri - so la
Vni
Vle
Vc.
Cb.
I.
Fl.
Cl. Si♭
Fg.
p
I.
p
Lucia
vi_ta a noi sa_rà, la vi - ta a no_i, a noi sa -
Vni
Vle
Vc.
Cb.

Fl.
Cl. Si♭
Lucia
-rà, del ciel cle-men-te, cle-men-te un ri-so la vi-ta a no-i, a noi sa-
Vni
Vle
Vc.
Cb.
ARCO
p
I.
Fg.
Cor. Mi♭
III. IV.
-rà, la vi-ta a noi sarà, a no-i

Fl.
Ob.
Cl. Si♭
Fg.
Cor. Mi♭
Lucia
NORMANNO
RAIMONDO
CORO
Ten.
Bassi
Vni
Vle
Vc.
Cb.
I.
a 2
III. IV.
sa - rà, sa - rà.
Pie - tà!
Pie - tà!
Pie - tà!
Pie - tà!

32 Allegro
Fl.
Ob.
Cl. Si♭
Fg.
in RE♭ a 2
Re♭
Cor.
Mi♭
a 2
Trb. Si♭
I.
Trbn.
SOL♭-DO♭
Tp.
Raim.
S'avanza En - ri - co!
32 Allegro
Vni
DIV.
UNITE
Vle
Vc.
Cb.

Fl.
Ob.
Cl. Si♭
Fg.
Re♭
Cor.
Mi♭
Trb. Si♭
Trbn.
ENRICO (accorrendo)
Di_temi: vera è l'atro _ ce scena?
Raim.
Ve _ ra pur trop _ po!
Vni
Vle
Vc.
Cb.
DIV.
UNITE
a 2
I.
III.

Fl.
Ob.
Cl. Si♭
Fg.
a 2
Re♭
Cor.
Mi♭
a 2
Trb. Si♭
Trbn.
Tp.
(scagliandosi contro Lucia)
Enr.
Ah! per - fi - da! ne a - vrai conde - gna pe - na...
CORO
Sopr.
T'ar -
Ten.
T'ar -
Bassi
T'ar -
Vni
DIV.
UNITE
Vle
Vc.
Cb.

Fl.
Ob.
Cl. Si♭
Fg.
Re♭ Cor. Mi♭
Trb. Si♭
Trbn.
Tp.
LUCIA
(sempre delirando)
Che
RAIMONDO
Oh ciel!... Non ve - di lo sta - to su - o?
-re - sta...
-re - sta...
-re - sta...
Vni
Vle
DIV.
UNITE
Vc.
Cb.

a 2
Fl.
Ob.
Cl.
Si ♭
Fg.
Re ♭
Cor.
Mi ♭
a 2
a 2
Trb.
Si ♭
Trbn.
Tp.
Lucia
chie - di?
Che chie - di?
ENRICO
(fissando Lucia)
Oh, qual pal - lor!
Gran Di - o!
Raim.
Ha la ragion smar - ri - ta. Tre-
Vni
Vle
Vc.
Cb.

a 2
Fl.
Ob.
Cl. Si♭
Fg.
a 2
Re♭
Cor.
Mi♭
a 2
Trb. Si♭
Trbn.
Tp.
Lucia
Ah, me mi - se-ra!
Raim.
-ma - re, o bar - baro, tu dêi per la sua vi-ta.
Vni
Vle
Vc.
fp
Cb.
fp

33 Meno
Fl.
Cl. Si♭
Fg.
Cor. Re♭
Lucia
Non mi guardar sì fie - ro... segnai quel foglio, è ve - ro, sì, sì, sì, è ve -
Vni
Vle
Vc.
Cb.
(in visione)
- ro... Nel_l'i ra sua ter - ri - bi_le calpesta,oh Dio,l'a_nel_lo! mi male_di_ce!... Ah!

34 Allegro mosso
Cl. Si♭
Fg.
Cor. Re♭
I. II.
Lucia
rall.
vit_tima fui d'un crudel fra_tel - lo, ma,o - gnor, o - gnor t'a - ma - i, o -
34 Allegro mosso
PIZZ.
Vni
Vle
Vc.
Cb.
Fl.
Ob.
Cl. Si♭
Fg.
Cor. Re♭
I. II.
Lucia
-gno - ra, Ed - gar - do, sì,o - gnor, o_gnor t'a - mai,ah! e t'a_mo an -
Vni
Vle
Vc.
Cb.

Fl.
Ob.
Cl. Si♭
Fg.
I. II.
Cor. Re♭
Lucia
-cor... Ed - gardo mi - o, sì, te lo giu - ro, ognor t'a - ma - i, e t'amo ognor, o -
ENRICO
Ah, di le - i, Signor, pie - tà, ah, sì, di le - i, Signor, pie - tà, pie - tà, pie -
RAIMONDO
Pie - tà di lei, Si - gnor, pie - tà,
Vni
Vle
Vc.
Cb.

Fl.
Ob.
Cl. Si♭
Fg.
Re♭ Cor. Mi♭
a 2
Trb. Si♭
Trbn.
Tp.
Luc.
-gnor, o-gnor t'a-ma-i, ah! e t'a-mo an - cor, ah, t'amo, t'amo an-
Enr.
-tà, di lei pie-tà, ah, Si - gnor, pie- -
Raim.
pie - - tà, ah, Si - gnor, pie- -
ARCO
Vni
Vle
Vc.
Cb.

Fl.
a 2
Ob.
a 2
Cl. Si♭
Fg.
p
Re♭
Cor.
Mi♭
a 2
p
Trb. Si♭
a 2
Trbn.
Tp.
Luc.
-cor, ah! t'a-mo an-cor, t'a - mo, t'a-mo an-cor.
Enr.
-tà, Si - gnor, pie - tà, ah, pie - tà!
Raim.
-tà, Si - gnor, pie - tà, ah, pie - tà!
35
Vni
Vle
Vc.
Cb.

Cl. Si ♭
Fg.
I.
Cor. Mi ♭
III.IV.
Luc.
Chi mi no_ma_sti? Ar - -
Vni
PIZZ.
Vle
DIV.
Vc.
Cb.
Cl. Si ♭
Fg.
I.
Cor. Mi ♭
III.IV.
Luc.
_tu - ro! Tu no_ma - sti... Ar -
Vni
Vle
Vc.
Cb.

Fl.
a 2
f
a 2
f
Ob.
f
f
Cl.
Si ♭
f
f
Fg.
f
Re ♭
Cor.
Mi ♭
f
p
f
p
f
f
Trb.
Si ♭
a 2
f
f
Trbn.
f
p
f
Tp.
f
f
Luc.
- tu - ro!... Ah! non fug-gir... Ah, per pie-
Vni
ARCO
f
f
f
p
f
p
Vle
UNITE
f
p
f
p
Vc.
f
p
f
p
Cb.
f
f

36
Fl.
Ob.
Cl. Si♭
Fg.
Re♭ Cor. Mi♭
Trb. Si♭
Trbn.
Tp.
Luc.
-tà... no, non fuggir... ah, per-don! ah, per-don! per-
ENRICO
In-fe-lice! ah, pie-tà, Si-gnor, pie-
RAIMONDO
In-fe-lice! ah, pie-tà, Si-gnor, pie-
Sopr.
In-fe-lice! ah, pie-tà, Si-gnor, pie-
Ten.
In-fe-lice! ah, pie-tà, Si-gnor, pie-
Bassi
In-fe-lice! ah, pie-tà, Si-gnor, pie-
CORO
36
Vni
Vle
Vc.
Cb.

Fl.
Ob.
Cl. Si♭
Fg.
Re♭ Cor. Mi♭
Trb. Si♭
Trbn.
Tp.
Luc.
Enr.
Raim.
Vni
Vle
Vc.
Cb.
cresc. a poco a poco
a 2
a 3
I.II. a 2
III.
-don!... Ah!
-tà. Lu-ci-a!... Lu-ci-a!... gran Di-o!
-tà. Qual not-te di ter-ror, di ter-
-tà. Qual not-te di ter-ror, qual not-te
-tà. Qual not-te di ter-ror, di ter-
-tà. Qual not-te di ter-ror, di ter-

col canto
Fl.
Ob.
Cl. Si♭
a 2
Fg.
Re♭
Cor.
Mi♭
a 2
Trb. Si♭
a 3
Trbn.
Tp.
a piacere
(s'inginocchia)
Luc.
Ah! no, non fug-gir, Ed-gar - do!
Enr.
Ah, Lu-ci - a!
Raim.
-ror, di ter-ror!
di ter-ror!
-ror, di ter-ror!
-ror, di ter-ror!
Vni
col canto
pp
Vle
pp
Vc.
Cb.

37 Moderato
Ott.
Fl.
Ob.
Cl. Si♭
Cor. Mi♭
SI♭-MI♭
Tp.
I.II.
37 Moderato
PIZZ.
Vni
Vle
UNITI PIZZ.
Vc. Cb.
rall:
Fg.
p stacc.
Mi♭ Cor. La♭
III.
Trb. Si♭
Vc.
Cb.

38
a tempo
Cl. Si♭
LUCIA
Spar-gi d'a-ma-ro pian-to il mio ter-re-stre ve-
38
a tempo
Vni
Vle
UNITI
Vc. Cb.
col canto
Ott.
Fl.
Ob.
Cl. Si♭
Fg.
pstacc.
I.
I. II.
Cor. Mi♭
pstacc.
rall. e portando la voce
Luc.
lo, men-tre las-sù nel cie-lo io pregherò, pregherò per te...
col canto
Vni
Vle
Vc. Cb.

39 a tempo
Fl.
Cl. Si♭
Fg.
Cor. Mi♭
Luc.
Al giunger tu - o sol - tan - to fia bel - lo il ciel per me! ah,
39 a tempo
Vni
Vle
Vc.
Cb.
ARCO
DIV.
string: a tempo
Ott.
Fl.
Ob.
Cl. Si♭
Fg.
Mi♭ Cor. La♭
Trb. Si♭
Tp.
Luc.
sì, ah! sì, ah! sì, per me. Fia bel - lo il ciel, il ciel per
string: a tempo
Vni
Vle
Vc.
Cb.
cresc.
UNITE
ARCO
I.

string: Mosso
Ott.
Fl.
Ob.
Cl. Si ♭
Fg.
Mi ♭
Cor.
La ♭
Trb. Si ♭
Tp.
Luc.
me, ah! sì, ah! sì, per me, per me,
string: Mosso
Vni
Vle
Vc.
Cb.
cresc.
a 2

Fl.
Cl. Si♭
Cor. Mi♭
Luc.
si,
per
me,
Vni
Vle
Vc.
Cb.
Ob.
Fg.
per
me,
per

40 Più mosso
Fl.
Ob.
Cl. Si♭
Fg.
Cor. Mi♭
Trb. Si♭
Tp.
Luc.
me!
ENRICO
Gior - ni d'a - ma - ro pian - to
RAIMONDO
Più raf - fre - na - re il pian - to
CORO
Ten.
Più raf - fre - na - re il
Bassi
Più raf - fre - na - re il
40 Più mosso
Vni
Vle
DIV.
Vc.
Cb.

Ott.
Fl.
Ob.
Cl. Si♭
Fg
Mi♭ Cor. La♭
a 2
Trb. Si♭
Trbn.
Tp.
Enr.
ser - ba il ri - mor - so a me,
Raim.
pos - si - bi - le non è,
Ah! più raf - fre - na - re il
pian - to pos - si - bi - le non
pian - to pos - si - bi - le non
Vni
Vle
Vc.
Cb.

Ott.
Fl.
Ob.
Cl. Si♭
Fg.
Mi♭ Cor. La♭
Trb. Si♭
Trbn.
Tp.
Enr.
ser - - bail ri - mor - - so a me,
Raim.
pos - - si - bi - le non è,
pian - - to pos - si - bi - le non è,
è, no, no, pos - si - bi - le non è,
è, pos - - si - bi - le non è,
Vni
Vle
Vc.
Cb.

col canto
Ott.
Fl.
Ob.
Cl. Si♭
Fg.
Mi♭ Cor. La♭
Trb. Si♭
Trbn.
Tp.
LUCIA
rall. a piacere
Ah!
Enr.
ah, sì, a me.
Raim.
ah, no, non è.
no, no, non è.
no, no, non è.
no, no, non è.
col canto
Vni
Vle
Vc.
Cb.

41
I. Tempo
Cl. Sib
p
Luc.
Spar-gi d'a-ma-ro pian-to il mio ter-re-stre ve-
41 I. Tempo
PIZZ.
p
PIZZ.
p
Vni
UNITE PIZZ.
p
Vle
UNITI PIZZ.
Vc. Cb.
p
col canto
Ott.
p
Fl.
p
Ob.
p
Cl. Sib
I.
Fg.
p stacc.
p
I II
Cor. Mib
p stacc.
rall. e portando la voce
Luc.
-lo, men-tre las-sù nel cie-lo io preghe-rò, preghe-rò, per te...
Vni
Vle
Vc. Cb.

a tempo
Fl.
Cl. Si♭
Fg.
Cor. Mi♭
I.
Luc.
Al giunger tu - o sol - tan - to fia bel - lo il ciel per me! ah,
a tempo
ARCO
Vni
DIV.
Vle
Vc.
Cb.
string: a tempo
42
Ott.
Fl.
Ob.
Cl. Si♭
I.
cresc.
Fg.
Mi♭ Cor. La♭
Trb. Si♭
Tp.
Luc.
sì, ah! sì, ah! sì, per me, fia bel - lo il ciel, il ciel per
string: a tempo
42
ARCO
Vni
Vle
Vc.
Cb.

string: Mosso
Ott.
Fl.
I.
cresc.
Ob.
Cl. Si♭
Fg.
Mi♭ Cor. La♭
a 2
Trb. Si♭
Tp.
Luc.
me, ah! sì, ah! sì, per me, per me,
Vni
Vle
Vc.
Cb.

Fl.
Cl. Si♭
Cor. Mi♭
Luc.
sì,
per
me,
Vni
Vle
Vc.
Cb.
Fl.
Ob.
Cl. Si♭
Fg.
Cor. Mi♭
Luc.
per
me,
Opp.
per
Vni
Vle
Vc.
Cb.

43 Più allegro
Ott.
Fl.
Ob.
Cl. Si♭
Fg.
Mi♭ Cor. La♭
Trb. Si♭
Trbn.
Tp.
Luc.
me. Ah, ch'io spi - ri ac - can - to a
ENRICO
Ah! vi - ta d'a - ma - ro, d'ama - ro pian - to serba il ri - mor - so a
RAIMONDO
Ah! più raffre - na - re il pian - to no, no, pos - si - bi - le non
Sopr.
Ah! più raffre - na - re il pian - to no, no, pos - si - bi - le non
Ten.
Ah! più raffre - na - re il pian - to no, no, pos - si - bi - le non
Bassi
Ah! più raffre - na - re il pian - to no, no, pos - si - bi - le non
CORO
43 Più allegro
Vni
Vle
UNITI
Vc. Cb.

Ott.
Fl.
Ob.
Cl.
Si ♭
Fg.
Mi ♭
Cor.
La ♭
Trb.
Si ♭
Trbn.
Tp.
Luc.
te, ac - - can - to a te. Ah, ch'io
Enr.
me, il ri - mor - so a me, vi - ta d'a - ma - ro, d'a - ma - ro
Raim.
è, no, no, non è, più raffre - na - re il
è, no, no, non è, più raffre - na - re il
è, no, no, non è, più raffre - na - re il
è, no, no, non è, più raffre - na - re il
Vni
Vle
Vc.
Cb.
a 2
I.II.a 2
III.

Ott.
Fl.
Ob.
Cl. Si♭
a 2
Fg.
Mi♭
Cor.
a2
La♭
a 2
Trb. Si♭
I.II.a2
Trbn.
Tp.
Luc.
spi - ri ac - can - to a te, ac - - can - to a
Enr.
pian - to serbai il ri - mor - so a me, sì, sì, a
Raim.
pian - to, no, no, pos - si - bi - le non è, no, no, non
pian - to, no, no, pos - si - bi - le non è, no, no, non
pian - to, no, no, pos - si - bi - le non è, no, no, non
pian - to, no, no, pos - si - bi - le non è, no, no, non
Vni
Vle
Vc. Cb.

Ott.
Fl.
Ob.
Cl. Si♭
Fg.
Mi♭ Cor. La♭
Trb. Si♭
Trbn.
Tp.
Luc.
te, ap - presso a te, — ap - pres - so a
Enr.
me, sì, sì, a me, sì, sì, a
Raim.
è, no, no, non è, no, no, non
è, no, no, non è, no, no, non
è, no, no, non è, no, no, non
è, no, no, non è, no, no, non
Vni
Vle
Vc. Cb.

44
Ott.
Fl.
a 2
Ob.
a 2
Cl.
Si♭
a 2
Fg.
Mi♭
Cor.
La♭
a 2
Trb.
Si♭
Trbn.
Tp.
P.
G. C.
a 2
Luc.
(Cade svenuta)
te, a te.
Enr.
me, a me.
Raim.
è, no, non è.
è, no, non è.
è, no, non è.
è, no, non è.
44
Vni
Vle
Vc.
Cb.
f

Ott.
Fl.
Ob.
Cl.
Si ♭
Fg.
Mi ♭
Cor.
La ♭
Trb.
Si ♭
Trbn.
Tp.
P.
G. C.
a 2
Vni
Vle
Vc.
Cb.

SCENA

Recitativo
ENRICO
Si tragga altrove. A_li_sa... uom del Signor. deh! vo_i la mi_se_ra ve_
(a Raimondo)
(Alisa e le Dame conducono altro_
Recitativo
Vni
Vle
Vc.
Cb.
p
_ve Lucia)
Enr.
_gliate... Io più me stesso in me non tro_vo!...
(parte nella massima costernazione)
RAIMONDO
(a Normanno)
De_la_
f
NORMANNO
Che parli!
Raim.
_tor! gio_i_sci dell'opra tu_a. Sì, dell'in_cendio che divampa e strugge questa
UNITI

Norm.
Io non credei...
Raim.
casa infe_li_ce, hai tu de_stata la primiera scin_til_la. Tu del versa_to
Vni
Vle
Vc.
Cb.
sangue, empio, tu sei la ria cagion!... Quel sangue al ciel t'accu_sa; e già la mansu_
_prema
Maestoso
se_gna la sua sen_ten _ za... Or vanne, e tre _
(segue Lucia: Normanno esce per l'opposto lato)
_ma!
calando

Nº 15. ARIA FINALE

«Fra poco a me ricovero»

SCENA VII. Porta praticabile; si scorge un appartamento illuminato. Tombe dei Ravenswood. È notte.

Fl.
Ob.
Cl.
Sib
Fg.
Mib
Cor.
Sib
Trb.
Sib
Trbn.
Tp.
Vni
Vle
Vc.
Cb.
I.
a 2
PIZZ.
p
f
mf

Cl. Si♭
Fg.
Mi♭ Cor. Si♭
Trb. Si♭
Trbn.
Tp.
Vni
Vle
Vc.
Cb.
Fl.
a 2
a 3
I.
ARCO
p
pp

45 Recitativo
Fg.
Mi♭ Cor. Si♭
Tp.
EDGARDO
Tom_be degli a_vi mie_i, l'ul_timo a_van_zo d'u_na stirpe infe_li_ce, deh! raccoglie_te_
45 Recitativo
Vni
Vle
Vc.
Cb.
a tempo
a 2
Recitativo
Fl.
Ob.
Cl. Si♭
Fg.
Mi♭ Cor. Si♭
III.
Trb. Si♭
Trbn.
Tp.
Edg.
vo_i. Cessò del l'i_ra il breve foco... sul nemico ac_
a tempo
Recitativo
Vni
Vle
Vc.
Cb.

46 Larghetto
Edg.
-ciaro abbandonar mi vo'. Per me la vi-ta è or-ren-do
46 Larghetto
Vni
Vle
DIV.
Vc.
ARCO
Cb.
PIZZ.
Fl.
a 2
Cl. Si♭
a 2
Fg.
I.
Cor. Mi♭
I. II.
Edg.
pe-so!.. l'u-ni-ver-so inte-ro è un de-ser-to per
Vni
Vle
Vc.
Cb.

Allegro
Fl.
Cl. Si♭
Fg.
Cor. Mi♭
Edg.
me senza Lucia!.. Di faci tuttavia splende il castello.. Ah!
Allegro
Vni
Vle
Vc.
Cb.
ARCO
Edg.
scarsa fu la notte al tripudio! Ingrata donna! mentr'io mi struggo
Vni
Vle
Vc.
Cb.

Larghetto
Edg
in disperato pianto, tu ridi, esulti accanto al fe_lice con_sorte! Tu delle gioie in se_no,
Larghetto
Vni
Vle
Vc.
Cb.
Ob.
Fg.
I.
opp:
io... del_la_mor_te!
Edg.
tu delle gioie in se_no, io... del_la_mor_te!
Vni
Vle
Vc.
Cb.

47 Largbetto
Fg.
in RE
Re
Cor.
in SOL III.
Sol
Trb. La
in LA
I.
Tp.
LA-RE
Edg.
Fra po.co a meri.
47 Larghetto
Cb.
I.
.co.ve.ro da.rà negletto a.vel - lo; u - na pie.to.sa la.grima non scenderà su
Vle
Vc.
rit.
a 2
quel - lo! Ah! fin degli estinti, ahi, mi.se.ro! man. ca il confor.to a
rit.

48 a tempo
Fg.
Re
Cor.
Sol
III.
Edg.
me. Tu pur, tu pur dimen_tica quel marmo di - spre_gia - to,
48 a tempo
Vni
Vle
PIZZ.
Vc.
PIZZ.
Cb.
I.
Fl.
in DO
Cl.
Do
I.
Fg
Re
Cor.
III.
Sol
Edg.
mai non passar_vi, o bar_bara, del tuo consorte a la_to, ah! ri_spet - ta almen le
Vni
Vle
Vc.
Cb.

Fg.
Re Cor. Sol
III.
Tp.
pp
Edg.
ce_neri _ di chi mo_rìa per te, rispetta almen le ce_ne_ri_ di chi morìa per
Vni
PIZZ.
UNITE
Vle
Vc.
Cb.
49
Poco più
Fl.
Cl. Do
I.
col canto
fp
cresc.
con calore
rit.
te, mai non pas_sar - vi, tu lo di_men_tica, ri_spetta al_me - no chi muore per
ARCO
p

a tempo
Fl.
Ob.
Cl. Do
Fg.
Re Cor. Sol
Trbn.
Tp.
Edg.
cresc.
te, mai non pas_sar - vi, tu lo di - men_tica, rispetta al_me - no chi muore, chi muore per
a tempo
Vni
Vle
UNITI
Vc. Cb.
a tempo
Re Cor. Sol
Tp.
Edg.
te, o bar - ba_ra, io mo_ro per te.
a tempo
PIZZ.
Vni
ARCO
Vle
DIV.
(PIZZ.)
Vc.
Cb.

SCENA VIII.

50 Maestoso
Cl. Do
I.
Fg.
Re
Cor.
Sol
III.
a 2
Trb. La
Trbn.
Tp.
Ten.
CORO
Bassi
(uscendo dal castello)
Oh me_schi _ na!
Oh me_schi _ na!
50 Maestoso
Vni
Vle
UNITE
Vc.
ARCO
Cb.
ARCO

Fl.
Ob.
Cl. Do
I.
Fg.
a 2
Re
Cor.
Sol
a 2
Trb. La
a 2
I.
Trbn.
II.
Tp.
Oh fato or_ren_do! più sperar non giova oma _ i, o _ ma _
Oh fato or_ren_do! più sperar non giova oma _ i, o _ ma _
Vni
Vle
Vc.
Cb.

Fg.
Re
Cor.
Sol
III.
Trb.
La
I.
Trbn.
Tp.
Ten. I.
-i!.. Questo dì che sta sor-gen - do tramon-tar più non ve-
Ten. II.
-i!.. Questo dì che sta sor-gen - do tramon-tar più non ve-
-i!.. Questo dì che sta sor-gen - do tramon-tar più non ve-
Vni
Vle
Vc.
Cb.

Fl.
Ob.
Cl. Do
Fg.
a 2
Re
Cor.
Sol
III.
Trb. La
I.
Trbn.
a 3
EDGARDO
Giu_sto cielo!... risponde_te, risponde _ te... ah!...
Ten. I. II.
_dra _ i!
Oh me_schi
_dra _ i!
Oh me_schi
PIZZ.
Vni
Vle
Vc.
Cb.

Cl. Do
Fg.
Re
Cor.
Sol
III.
Trb. La
Trbn.
Tp.
Edg.
Di chi mai, di chi pian - ge - te? ri_spon_de_te, rispon_de_te, per pie-
_na!
_na!
ARCO
Vni
Vle
Vc.
Cb.

affrett. un poco
Fl.
Ob.
Fg.
Re
Cor.
Sol
(esterrefatto)
Edg.
-tà! Lucia di - ceste! Su par - la te. Ah!
Di Lu-ci-a. La meschina... Sì; la mi-se-ra sen muore. Fur le
Di Lu-ci-a. La meschina... Sì; la mi-se-ra sen muore. Fur le
affrett. un poco
DIV.
Vni
Vle
Vc.
Cb.

51
Moderato
Fl.
Ob.
Cl.
Do
Fg.
Re
Cor.
Sol
Edg.
nozze a lei fu - ne - ste, di ragion la trasse a - mo - re... s'av - vi - ci - na al - l'o - re e -
nozze a lei fu - ne - ste, di ragion la trasse a - mo - re... s'av - vi - ci - na al - l'o - re e -
51
Moderato
Vni
PIZZ.
Vle
PIZZ.
Vc.
PIZZ.
Cb.
PIZZ.

I.
Fl.
Ob.
I.
Cl.
Do
Fg.
Re
Cor.
Sol
III.
Trbn.
Tp.
Edg.
Ah! Lu-ci - a!
Ten. I.
Ten. II. -stre-me, e te chie-de, per te ge-me... Que-sto dì che sta sor-
-stre-me, e te chie-de, per te ge-me... Que-sto dì che sta sor-
-stre-me, e te chie-de, per te ge-me... Que-sto dì che sta sor-
Vni
Vle
Vc.
Cb.

Fl.
Ob.
Cl. Do
Fg.
Re Cor. Sol
Trbn.
Tp.
Edg.
muo - re!... Lu - ci - a!... ah!...
-gen - do tra-mon-tar più non ve - drà! di ra-gion la tras-se a -
-gen - do tra-montar più non ve - drà! di ra-gion la tras-se a -
-gen - do tra-montar più non ve - drà! di ra-gion la tras-se a -
Vni
Vle
Vc.
Cb.

Fl.
Ob.
Cl. Do
Fg.
Re
Cor.
Sol
III.
Trbn.
Tp.
Edg.
Que_sto dì che sta sor_gen_do tramon_
Ten. I. II.
_mo_re, e te chie_de, per te ge_me...
_mo_re, e te chie_de, per te ge_me...
Vni
Vle
Vc.
Cb.

I.
Fl.
Ob.
Cl. Do
Fg
Re
Cor.
Sol
III.
a 2
Trbn.
a 3
Edg.
-tar più non ve - drà la mia Luci - a?
Di ra-gion la trasse a - mo-re, per te, sì, sì, per
Di ra-gion la trasse a - mo-re, per te, sì, sì, per
Vni
Vle
Vc.
Cb.

52 Meno mosso
Fl.
Ob.
Cl. Do
Fg.
a 2
Re
Cor.
Sol
Trbn.
Tp.
Cmp.
Edg.
Ah!
Quel suonc in cor mi piom_
te.
Rimbomba già la squilla in suon di mor_te.
te.
Rimbomba già la squilla in suon di mor_te.
52 Meno mosso
Vni
ARCO
Vle
ARCO
Vc.
ARCO
Cb.

Allegro vivace
Ob.
Fg.
Re
Cor.
Sol
I.
III.
Trbn.
Tp.
Cmp.
Edg.
-ba!
È de-cisa la mia sorte!...
(trattenendolo)
Oh Di-o!
Oh Di-o!
Allegro vivace
Vni
Vle
Vc.
Cb.
ARCO
cresc.

Fl.
Ob.
Cl. Do
Fg.
Re Cor. Sol
Trbn.
Tp.
Edg.
Vni
Vle
Vc.
Cb.
a 2
p cresc.
cresc. sempre
cresc.
I.
III.
p cresc. sempre
Rive_derla ancor vo - gl'i - o,... ri - ve - der - -
Qual tra - spor - to, scon - si - glia - to! Ah, de -
Qual tra - spor - to, scon - si - glia - to! Ah, de -

53
Fl.
Ob.
Cl. Do
Fg.
Re Cor. Sol
Trb. La
Trbn.
Tp.
Edg.
(incamminandosi)
-la... e po - scia...
-si - sti, ah, rie - di in te, in te.
-si - sti, ah, rie - di in te, in te.
53
Vni
Vle
Vc.
Cb.

Fl.
Ob.
Cl. Do
a 2
Fg.
Re
Cor.
Sol
a 2
Trb. La
I.II. a 2
III.
Trbn.
Tp.
RAIMONDO
Do - ve cor - ri, sven - tu - ra - to? El - la in
Vni
Vle
Vc.
Cb.

Fl.
Ob.
Cl. Do
Fg.
Re
Cor.
Sol
Trb. La
Trbn
Tp.
EDGARDO
Lu-ci-a!
Raim.
ter - ra più non è.
Sven - tu-ra - to!
Vni
Vle
Vc.
Cb.

Fl.
Ob.
Cl. Do
Fg.
Re Cor. Sol
Trb. La
Trbn
Tp.
Edg.
Raim.
Vni
Vle
Vc.
Cb.
I.
col canto
a 2
a piacere
p
f
In ter - ra più non è?... ella dunque?... Luci-a più non
È in cie - lo.

54 Meno
Fg.
Cor. Re
Edg.
è!...
Ten.
CORO
Sventu_ra_to!
Bassi
Sventu_ra_to!
I.
pp
calando
PIZZ.
Vni
Vle
Vc.
Cb.
Moderato
Fl.
Ob.
Cl. Do
Fg.
Re Cor. Sol
III.
ARCO
(PIZZ.)

rall.
Fl.
Ob.
Do
Cl.
Do
I.
Fg.
p
p
I.
Re
Cor.
Sol
III.
p
Tp.
p
rall.
Vni
Vle
Vc.
Cb.

55 a tempo
Cor. Re
I. II.
EDGARDO (scuotendosi)
Tu che a Dio spie_ga_sti l'a_li, o bel_l'alma in_namo_ra_ta, ti ri_
Vni
Vle
Vc.
Cb.
col canto
a tempo
Ob.
Cl. Do
opp:
scenda, teco ascenda il tuo fe
rall.
Edg.
_volgi a me pla_cata, te_co a_scenda, teco ascenda il tuo fe_del. Ah! se l'i_ra dei mor_

Fl.
Ob.
Cl. Do
Fg.
Cor. Re
Edg.
Vni
Vle
Vc.
Cb.
I.
p
f
ARCO
PIZZ.
-ta-li fe-ce a noi sì cruda guerra, se di-vi-si fum-mo in terra, ne — con-
Poco più
col canto
I.II.
calando
-giun-ga il Nu-me in ciel, o bell'alma innamo-rata, bell'alma innamo-rata, ne congiunga il Nume in

a tempo
Fl.
Cl. Do
Fg.
Re Cor. Sol
Edg.
cresc.
ciel, o bell'alma innamo - ra_ta, bell'alma innamo - ra_ta, ne congiun - ga il Nu - me in
a tempo
Vni
Vle
Vc.
Cb.
ARCO
56 Allegro
Cor. Re
ciel. Io ti se - guo...
RAIMONDO
For - sen - na - to! for - sen -
DIV. ARCO

Fl.
Ob.
Cl. Do
Fg.
Re Cor. Sol
Trb. La
Trbn.
Tp.
Edg.
Mo - rir vo-glio, mo - rir vo-glio.
Raim.
-na - to! Ah! che fa - i? ah! che fa - i? Ri -
CORO
Ten.
Ah! che fa - i? ah! che fa - i? Ri -
Bassi
Ah! che fa - i? ah! che fa - i? Ri -
Vni
Vle
Vc.
Cb.

a 2
Fl.
Ob.
Cl.
Do
Fg.
ff
Re
Cor.
Sol
a 2
Trb.
La
a 2
Trbn.
Tp.
Edg.
No, no, no.
(Si ferisce.)
Raim.
-tor - na in te, ritor-na in te, ri-tor-na in te.
Ah!
-tor - na in te, ritor-na in te, ri-tor-na in te.
Ah!
-tor - na in te, ritor-na in te, ri-tor-na in te.
Ah!
Vni
Vle
Vc.
Cb.

57
col canto
Moderato
Cor. Re
Edg.
(con voce fioca)
A te ven-go...
o bel - l'al - ma...
Raim.
rall.
Che fa-ce-sti?
Vni
Vle
Vc.
a piacere
2 SOLI DIV.
GLI ALTRI
PIZZ.
Cb.
Ob.
Cl. Do
I.
ti ri - vol-gi, ah!
al tuo fe - del.
Ah se
Scia - gu - ra-to!
Pen-sa al ciel.
2 SOLI

Fl.
Ob.
Cl. Do
Fg.
Cor. Re
Edg.
l'i-ra... dei mor-ta-li... sì cru-da guer-ra... o bel-
Raim.
Oh, Dio, per-do-na...
CORO
Ten.
Quale orror! Qua-le orror!
Bassi
Quale orror! Qua-le orror!
Vni
Vle
2 SOLI
Vc.
GLI ALTRI
Cb.

58
Poco più
I.
Fl.
Ob.
Cl. Do
Fg.
Cor. Re
I.II.
p
Edg.
-l'alma, ne con-giunga il Nume in ciel, o bell'alma innamo-ra-ta, bell'alma innamo-
Raim.
Pensa al ciel.
Oh tre - men - do, oh
Oh tre - men - do, oh
58
Poco più
PIZZ.
Vni
Vle
2 SOLI
Vc.
GLI ALTRI
Cb.

Fl.
I.
Cl.
Do
Fg.
Re
Cor.
Sol
III.
p
Edg.
cresc.
-ra_ta, ne congiunga il Nume in ciel, o bell'alma innamo - ra_ta, bell'alma innamo - ra_ta, ne con-
Raim.
Pen - sa al ciel, al ciel, al ciel...ah, scia - gu -
ne - ro fa - to! Dio, per - do - na tan - to or -
ne - ro fa - to! Dio, per - do - na tan - to or -
Vni
Vle
2 SOLI UNITI
Vc.
GLI ALTRI
Cb.

59
Più allegro
Fl.
Ob.
Cl. Do
Fg.
Re Cor. Sol
Trb. La
Trbn.
Tp.
Edg.
-giun-ga il Nu-me in ciel se di-vi-si fummo in ter-ra ne con-giun-ga in
Raim.
-rato pensa al ciel. Di - o per-do-na, per-do-na tan-to or-
-ror. Di - o per-do-na, per-do-na tan-to or-
-ror. Di - o per-do-na, per-do-na tan-to or-
59
Più allegro
Vni
Vle
Vc.
2 SOLI
GLI ALTRI
Cb.
ARCO
a2
cresc.

60
Poco più
Fl.
ff
Ob.
ff
Cl. Do
ff
Fg.
ff
Re
Cor.
Sol
ff
ff
Trb. La
ff
Trbn.
ff
Tp.
ff
Edg.
ciel, il Nu - me in ciel, il Nu - me in ciel, il Nu - me in
Raim.
-ror, per - don, per - don, per-do - na tan - to or-
-ror, per - don, per - don, per-do - na tan - to or-
-ror, per - don, per - don, per-do - na tan - to or-
60
Poco più
Vni
ff
ff
Vle
ff
UNITI
Vc.
ff
Cb.
ff

FINE DELL'OPERA